愛を宿したウエイトレス

シャロン・ケンドリック 作

中村美穂 訳

ハーレクイン・ロマンス

東京・ロンドン・トロント・パリ・ニューヨーク・アムステルダム
ハンブルク・ストックホルム・ミラノ・シドニー・マドリッド・ワルシャワ
ブダペスト・リオデジャネイロ・ルクセンブルク・フリブール・ムンバイ

SECRETS OF A BILLIONAIRE'S MISTRESS

by Sharon Kendrick

Published by Harlequin Japan,
a Division of K.K. HarperCollins Japan, 2024

シャロン・ケンドリック

英国のウエストロンドンに生まれ、ウィンチェスターに在住。11歳からお話作りを始め、現在まで一度もやめたことはない。アップテンポで心地よい物語、読者の心をぎゅっとつかむセクシーなヒーローを描きたいという。創作以外では、音楽鑑賞、読書、料理と食べることが趣味。娘と息子の母でもある。

主要登場人物

ダーシー・デントン……………ウエイトレス。
ドレーク・ブラッドリー………ダーシーの幼なじみ。
レンツォ・サバティーニ………実業家。
クリスティアーノ・ブランツィ……レンツォの弁護士。
ニコレッタ・ラメッリ…………クリスティアーノの恋人。レンツォの元恋人。
ジゼラ……………………………レンツォの別荘の家政婦。
パスカーレ………………………レンツォの別荘の庭師。
ステファニア……………………レンツォの別荘の使用人。
ドナート…………………………レンツォの別荘の料理人。

1

玄関の呼び鈴が鳴ったのは、シャツのボタンを外したときだった。期待に胸が高鳴り、下腹部の熱いうずきを感じて、レンツォ・サバティーニは肩からシャツを引きおろしたい誘惑に駆られた。そうすれば、ダーシーは彼の肌に指を這《は》わせたらすぐに、舌を使った独創的な愛撫《あいぶ》に取りかかれるだろう。柔らかな舌の感触は、先延ばしにしていた決断を忘れさせてくれる。トスカーナのことやひとつの時代の幕引きは常に彼の頭にあった。かなりの歳月が流れても当時の記憶は生々しく、レンツォはいまだにそれについて考えるのをやめられずにいた。

だが、ダーシーが太陽のように輝いているというのに、なぜぼくが闇に気を取られる必要がある？　そして、ひと晩じゅう自由に時間を使えるというのに、なぜ慌てて情事に取りかかる必要があるんだ？　最も意外性に富んだ最新の恋人と――ぼくに満たされること以外は何も求めない女性と、さまざまな快楽を追求できるというのに。ダーシーの欲求を満たすのは簡単だ。色白の肌が苦しげにほてるまで触れるだけでいい。四カ月が過ぎた今も、レンツォは相変わらず彼女に魅了され続けていた。

　まったく違う世界に生きる二人の関係がこれほど長く続いているのは驚きだった。しかも互いに好みのタイプではない。今までレンツォはすらりとした女性しか眼中になかったが、ダーシーはきわめて肉感的で、豊満な体を小さな下着に包んでいる。レンツォはにやりとした。一夜きりの情事のはずだったが、彼女の引き締まった体を手放すのは難しかった。今もそうだ。

　またも呼び鈴が鳴り、レンツォは腕時計に目を走らせて、顔にかすかないらだちを浮かべた。約束の時間までまだ三十分もある。よほど気が急《せ》いているのか、ずいぶん厚かましい。ダーシーはルールを知っていたはずではなかったのか？　ぼくのスケジュールを乱すのではなく、それに合わせなければならないという暗黙のルールを。

　高級住宅街ベルグレービアにあるアパートメントの広い部屋を、レンツォははだしで突っ切り、玄関のドアを開けた。そこにはダーシー・デントンが立っていた。背は低いが、その存在感は抜群だ。雨に濡《ぬ》れたつややかな赤い巻き毛をポニーテールにしている。薄手のレインコートのベルトをきつく締め、細いウエストを強調しているが、その下にはまだウエイトレスの制服を着ていた。なぜなら彼女はロンドンの反対側の、レンツォが一度も訪れたことのない地域に住んでいるからだ。勤務を終えたあと着替えのために帰宅したら、たとえ彼が迎えに行っても数時間は無駄になる。そうした逢瀬《おうせ》の仕方はすぐに定着し、レンツォはその状態を続けることにおおいに満足していた。

レンツォは建築家としていくつもの大陸を股にかけて仕事をしている。多忙な彼にとって時間はあまりに貴重で、一分一秒も無駄にできない。だから、ダーシーは一泊用の荷物を詰めたバッグを持ち、いつもまっすぐ仕事場からここにやってくる。彼女がレンツォと一緒のときはほとんど裸で過ごすから、荷物の大半は不必要なのだが。

レンツォは彼女の緑の目を見つめた。磁器を思わせる白い肌の中でエメラルドのように輝いている。いつものようにレンツォの血は期待と欲望でざわめいた。

「早かったな」彼は穏やかに言った。「ぼくがそろそろ服を脱いでいるころだと思い、訪問のタイミングを合わせたのか？」

室内に招き入れられ、ダーシーはこわばった笑みで応えた。体は濡れて冷えきっている。今日は最悪の日だった。彼女の制服に紅茶をこぼした客がいたし、店内で急病になった子供もいた。勤務を終えるころには雨が降りだし、そのうえ自分の傘が消えていることに気づいた。誰かが持っていったのだろう。

それに引き換え、暖かい宮殿のようなアパートメントにいたレンツォ・サバティーニは血色がよく、男らしい魅力を発散している。しかも、最新の愛人が彼の裸を見たいがために、時計とにらめっこして訪問時刻を調整したと思いこんでいる。これほど尊大な男性がいるかしら？

けれど、わたしはこの常軌を逸した情事を始めたとき、自分が何に身を投じたのか知っている。富と権力を持つ男性がウエイトレスとの行きずりの恋に求めるものはひとつしかない。だからわたしは、過ちだとわかっているすべてに対して無言の闘いを挑んだのだ。

その闘いに負け、ダーシーはレンツォのキングサイズのベッドに入った。できる限り抵抗を試みたが、結局は徒労に終わった。というより、彼の腕の中に落ちていく自分を止められなかった。何もかも彼にキスをされたときに決まったのだ。

ダーシーはそれまで、キスが人をあんなにもすばらしい気分にさせることを知らなかった。欲望が、人を水中に浮いているような、あるいは空を飛んでいるような感覚に陥らせることも。ダーシーはバージンを彼に与えた。レンツォは彼女が無垢《むく》だと知ってひどく驚きながらも、信じられないほどの喜びをダーシーに味わわせた。もっとも、喜びが劇的に少ない人生を送ってきた女性が相手なら、それはたいして難しいことではなかったかもしれない。

しばらくは順調だった。順調以上だった。レンツォがイギリスにいてスケジュールに空きがあるとき、ダーシーはいつも彼と一緒に夜を過ごした。ときには朝のひとときも。バイオリン演奏の入った夢のような音楽が流れる中、ダーシーはレンツォが作ってくれた卵料理を食べた。そのあいだ彼は恐ろしく緻密なスケッチを入念に眺めていた。遠くない将来、この国を象徴する摩天楼になるはずのスケッチを。建築業界で彼の名を知らない者はいなかった。

ところが最近、ダーシーの心の中にはもやもやしたものが芽生え始めていた。良心の呵《か》責《しゃく》を感じているからだろうか？　それとも、宮殿を思わせるアパートメントに罪深い秘密のようにかくまわれ、わたしの自尊心が徐々に摩耗しているから？　わからない。わかっているのは、自分が何になったのかを分析し始め、思いついた答えが気に入らないということだけ。

わたしはお金持ちの男性のおもちゃ。彼が優美な指を鳴らせばいつでも下着を脱ぐ女。

それでも、今わたしはここにいる。得体の知れない胸の内のもやもやに、今日の夕方の楽しみを台なしにさせるなんて、ばかげている。そう思い、ダーシーは硬い笑みを明るい笑みに変え、荷物が入ったバッグを床に投げ捨てた。髪から輪ゴムを引き抜き、頭を振って濡れそぼった髪を解き放つ。レンツォの目が欲望に陰るのを見て取り、満足感を覚えずにはいられなかった。ダーシーの体が彼にとって魅力的であることに疑いの余地はない。レンツォは彼女をいくら抱いても飽き足らないようだった。

その理由にダーシーは気づいていた。二人はあまりに違うからだ。まず第一に、彼女は下層階級の出で、大学にも行っていない。義務教育課程でも欠席日数が多かったせいで、彼女のほぼすべての知識は独学で身につけたものだった。容姿の特徴は、赤毛と起伏に富んだ体つき。一方、メディアに掲載された写真を信じるなら、レンツォの歴代のお相手はすべてスレンダーな黒髪の女性だった。そう考えると、ダーシーとレンツォは、すべての面で不釣り合いな組み合わせだった。ただひとつ、ベッドでの相性を除いては。

ベッドでの営みは驚くほどすばらしかった。だが、こんな逢瀬をいつまでも続けることはできない。どこにもたどり着かない道をあてもなく進むことは。

ダーシーは自分が何をするべきかわかっていた。人はかなり長く自分をだませるものの、いつかは現実に傷つき、変更を余儀なくされる。レンツォはわたしがそばにいることを当然だと思い始めている。もしこのまま関係を続けたら、二人が分かち合う魔法の力は弱まっていくに違いない。ダーシーはそうなるのを望まなかった。レンツォとの思い出は強烈すぎるからだ。悪い思い出は重い荷物と同じで運ぶのに苦労する。彼女はいい思い出を持って荷物を軽くしようと決意していた。

だったら、わたしはいつ彼のもとから去ったらいいの？　レンツォのほうから先に別れを切りだされ、わたしの心が粉々に打ち砕かれる前のほうがいいでしょう？

「わたしが早く着いたのは、あなたの運転手を追い返して地下鉄で来たからよ」ダーシーは説明し、豊かな赤毛から重い雨粒を払いのけた。

「運転手を追い返しただって？」レンツォは顔をしかめながら濡れたレインコートを脱がせた。「なぜそんなことをしたんだ？」

ダーシーはため息をついた。自分がレンツォ・サバティーニになり、世間とは隔絶された世界でぬくぬくと暮らしたら、どんな気分になるかしら？　そこでは運転手つきの車や自家用機が、雨や雪や大多数の普通の人間が持つ心配事から守ってくれる。そこでは代わりに買い物をし、前の晩に寝室で脱ぎ散らかした服を片づけてくれる人がいる。話をしたくない相手と無理に話す必要もない。あいだに入って交渉してくれる使用人が常に控えているから。

「この時間帯の道路は地獄だからよ。しばしば渋滞に巻きこまれ、かたつむり並みの速度でしか進めなくなるの」ダーシーは彼の手からコートを奪い、軽く振ってからクローゼットにぶらさげた。「ラッシュアワーには公共の交通機関を使ったほうがいいのよ。さあ、時間に不正確なわたしの話はさておき、紅茶を一杯いただける？　寒くて凍死しそう」歯をかちかち鳴らしながら訴える。

だが、レンツォはその訴えを無視し、キッチンに向かう代わりにダーシーを抱き締めてキスをした。唇を強く押しつけ、制服の上から指でヒップを愛撫する。そしてキスを深めながら体を密着させ、自分の下腹部のこわばりと温かい裸の胸を彼女に感じさせた。ダーシーがまぶたをはためかせて目を閉じると、レンツォに固い腿を執拗《しつよう》に押しつけられ、彼女は無意識に脚を開いた。ダーシーはそれまでの寒さを忘れ、紅茶も頭から消え去った。ますますキスが深まるにつれ、懸念や不安も溶けていく。彼の裸の胸に冷たい指を這わせたとき、ダーシーが自覚していたのは高まる一方の欲望だけだった。

「あなたは悪魔だわ、レンツォ」ダーシーはささやいた。

「ということは、ここは地獄か？」

「いいえ、ここは……」ダーシーの唇が彼の唇をかすめる。「天国よ。言うまでもないけれど」

「同感だ。きみはぼくの胸で手を温めようとしているのか？」

「そうよ。でも、あまりうまくいきそうにない。あなたはたいていのことはうまくこなすけれど、人間湯たんぽの役は不得手みたい」

「ああ、そのとおり。ぼくの得意分野は明らかに別の方面だ。今すぐそのひとつをきみに見せてもいい」レンツォはヒップから手を離し、彼女の手をつかんで自分の下腹部へと導いた。「その場合、きみはぼくと一緒にシャワーを浴びたほうがいいんじゃないかな？」

ダーシーは拒みたくても拒めなかった。レンツォに触れられただけで導火線に火がついてしまう。抱き締められた二秒後には炎と化していた。

レンツォはバスルームで、ベージュの冴《さ》えない制服のファスナーを下ろした。胸があらわになった瞬間、彼の口から吐息がもれる。小柄な体に不釣り合いな大きな胸はずっとダーシーの悩みの種だった。絶えず男性たちの視線を胸に浴びて生きてきたからだ。胸を小さくしたいと切に願ったが、ウエイトレスの仕事では手術費用を稼げない。だから、ぎゅっと締めつけるブラジャーを身につけてきた——レンツォに出会うまでは。

彼は自分の体を愛することをダーシーに教え、彼女の胸ほど見事なものは見たことがないと言った。喜びの叫び声をあげるまで胸を愛撫され、歯でからかわれるのはえも言われぬ体験だった。レンツォは彼女に下着を買い与え始めた。それだけはダーシーも拒まずに受け取った。彼がどうしてもと言い張ったからだ。レンツォはほかのプレゼントを拒まれる理由を理解できなかったが、その理由はあまりに生々しく悲痛で、ダーシーは自分の秘密に彼を立ち入らせるつもりはなかった。

それでも上質の下着だけは買ってもらった。優美なブラジャーやおそろいの小さなショーツは、二人の性的な興奮を高めると彼が主張したからだ。そしてくすんだチェックのウエイトレスの制服の下に最高級のシルクを身につけていると思うと、仕事中のダーシーはかなり退廃的な気分になった。レンツォは仕事で遠くにいるとき、ダーシーが彼のことを考えて脚のあいだに自分で触れ、身もだえしているところを想像するのが好きだった。そしてレンツォがそうした想像をしていることが、彼女を興奮させるのも紛れもない事実だった。

もっとも、レンツォ・サバティーニに関するすべてがダーシーを興奮させた。長身のたくましい体に黒い髪、黒い目。設計に取りかかる際にかける黒縁の眼鏡。室内を歩きまわる彼女を見つめるときの表情。さらに、ダーシーがなすすべもなく彼を求めて身を震わせるまで撫《な》で続ける手。そう、今のように。

ダーシーの制服は床に落ち、繊細な下着がそのあとに続いた。服を脱がせる卓越した技術を持つ彼女のイタリア人の恋人も、すぐさま裸になった。彼の見事な興奮のあかしを見て、ダーシーは息をのんだ。

「怖《お》じ気《け》づいたか?」レンツォの官能的な唇が嘲りの笑みをかたどる。「ぼくに触れたいか?」

「熱いシャワーを浴びるまでは触れたくない。わたしの手は冷たすぎて、あなたがたじろいでしまうから」

「そんなことはない」

レンツォは黒い目を輝かせて彼女を抱きあげ、バスルームに運んで床に下ろした。巨大なシャワーヘッドから湯が降り注ぎ、ダーシーの五感が衝撃に圧倒されそうになる。冷たい肌の感覚を麻痺《まひ》させる熱い湯。自分の腕の中にいる裸のレンツォ。蒸気が立ちこめる室内は熱帯の森を思わせ、その中を、レンツォの唇が貪欲にうごめく。片方の手は彼女の脚のあいだをまさぐり、もう一方の手は敏感になった胸のひとつをもてあそんでいる。湯が彼女をリラックスさせ、自分の激しい動悸《どうき》と急激に熱くなった体の芯を意識させた。

ダーシーは彼の固い胸に手を這わせ、ブロンズ色のなめらかな肌の下にある研ぎ澄まされた筋肉の感触を楽しんだ。それから大胆にも欲望のあかしに手を伸ばし、親指と人差し指でそっとなぞる。大好きな愛撫に、レンツォの口からうめき声がもれた。ああ、わたしも好き——彼がわたしにするすべてが。だから こそ、彼との親密な時間が長引くほど、彼のいない人生を想像するのが怖くなる。

レンツォの指が腿のあいだを這い下りるのを感じ、ダーシーは目を閉じた。指は確固とした目的を持ってさらに奥へと進み、秘めやかな場所をかき鳴らす。リズミカルな動きに崖っぷちまで追いつめられ、ダーシーは喜びの声をあげた。今度は彼女が身をよじる番だ。解放を、そして忘却を求めて。

「今よ」ダーシーは大きく息を吸って懇願した。「わたしと愛し合って」

「ずいぶん焦っているな」

無理もない。レンツォと会うのはほぼ一カ月ぶりなのだ。彼は日本で仕事をしたあと、建設中の巨大ホテルを監督するために南アメリカに飛んだ。彼が設計し、建築業界を熱狂させているホテルだ。そのあいだ、メールはときどき届いた。重役会議のあとで彼に性的関係を迫った女性に関する愉快な描写を読み、ダーシーは笑い飛ばして傷ついていないふりをした。一度、電話もかかってきた。リオデジャネイロの空港で彼の飛行機が出発時刻の繰り延べを余儀なくされ、暇を持て余していたときだ。そのときダーシーはディスカウントマーケットからの帰り道で強風と格闘している最中だったが、一軒の店先に避難場所を見つけて何気ない会話を装った。レンツォが将来のことを何も口にしなくてもわたしは気にしていない、と彼女は自分に言い聞かせた。二人は普通の恋人同士ではなく、それがこの関係をおもしろくしているのだ、と。

レンツォは最初に、彼女が期待できることとできないことを伝えた。彼が期待に応えられないリストの最上位は結婚、限りなく僅差の二位が愛だ。ダーシーはそれを告げたときの彼の暗い目を思い起こした。その漆黒の目が感情を表すことは皆無だったので、彼女は驚いたものだ。だが、ダーシーはそれ以上は追及しなかった。追及したら、レンツォは急に口を閉ざすに違いないと感じたからだ。そういう場合、ダーシーは相手が誰であっても決して追及しなかった。多くの質問を浴びせられた人間は攻勢に転じ、質問を浴びせ返すのが常だ。あれこれ詮索されるのは彼女がいちばん望まないことだった。

ダーシーは、彼が珍しく感情を見せて提示した冷ややかな条件に合意し、それが適正な要求であるふりをした。しかしレンツォが彼女から合意を引き出して数カ月がたち、時間がすべてを変えた。いつもそう。時間は人の感情を深め、愚かな夢を見させる。自家用機が生活の一部であり、世界じゅうに家を持つ億万長者の建築家との未来を思い描く以上に愚かなことがあるかしら？　わたしはたったひとつの資格も持たず、レストランで同時に複数の仕事をこなす能力しかないというのに。

ダーシーはレンツォの肩に唇を押しつけ、まだいくらか自制心が残っていることを見せるためには彼の質問にどう答えるのが最善かを考えた。たとえ刻一刻と自制心が失われているとしても。「わたしが焦っているですって？」彼の濡れた裸の肩につぶやく。「そんな言いがかりをつけるのなら、いつでもこれをあとまわしにしていいのよ。先に紅茶をちょうだい。それがあなたの望みなんでしょう、レンツォ？」

レンツォの答えはすばやく、明白だった。ダーシーの両手をつかみ、花崗岩《かこうがん》の壁に背中を押しつけて脚を開かせ、熱く力強いものでいっきに彼女を満たした。ダーシーはあえぎ、レンツォが動き始めるなり、叫び声をあげた。何も知らなかったダーシーにレンツォはすべてを教えこみ、彼女は熱心な生徒になった。レンツォの腕の中で彼女の官能は生き生きと花開いた。

「ああ、レンツォ」彼の動きが激しくなり、ダーシーはあえぎながら名を呼んだ。

「ぼくが恋しかったか、いとしい人《カーラ》？」

「ああ……」ダーシーは目を閉じた。「これが……恋しかったの」

「それだけか？」

それだけだと言いたかったが、なぜこの甘美な瞬間を台なしにできるだろう？　男性なら誰でもそんな言葉は聞きたくないはず。レンツォのような自尊心の強い男性ならなおさら。「いいえ」彼の動きが止まったとき、ダーシーは言った。「あなたが恋しかった」

その答えを百点に満たないと感じたのか、レンツォは動きを緩めてダーシーを崖っぷちから引き戻した。わたしが耐えられなくなるまでじらすつもり？

「レンツォ……」

「なんだ？」

なぜ彼はこれほど冷静でいられるの？　自分を抑制できるの？　でも自制は彼の得意技でしょう？　そう、彼は自制の達人。ダーシーは身もだえして訴えた。「わたしをもてあそばないで」

「きみはぼくにもてあそばれるのが好きなんだろう？　違うのか？　だったら、そうだな……」レンツォは水浸しになった彼女の耳にささやいた。「懇願するのなら、考えてやってもいい」

「もうっ、いいかげんにして！」ダーシーはヒップをつかみ、彼をぐいと引き寄せた。

レンツォは喜びの笑い声をあげ、ついに彼女が欲しがっているものを与えた。速く激しく動き、深いリズムで彼女を高みへと押しあげる。ダーシーが身を震わせながら悲鳴に似た声をあげると、レンツォはキスで彼女の口をふさいだ。そして低くうなるような声を発し、その直後のぼりつめた。ダーシーが彼の無防備な声を聞けるのはその瞬間に限られた。

そのあと、レンツォは体の震えがおさまるまでダーシーを抱き締め、彼女の体と髪を優しく洗った。彼女をクライマックスに導いた荒々しさの埋め合わせをするかのように。さらにレンツォは彼女を入念にタオルで拭き、抱きあげて寝室に運んで、イートン・スクエアの風にそよぐ木々の梢《こずえ》を見下ろせる広いベッドに横たえた。糊《のり》のきいた清潔な寝具が芳香を放つ肌に触れる。まるで天国だ。隣に寝そべったレンツォが背後から彼女のウエストに腕をまわしてきたが、ダーシーは眠くてたまらなかった。レンツォも同じに違いない。

それでも二人はなんらかの会話をする必要があるのでは？　動物のように交わり、忘却のかなたへ飛んでいくのではなく。

けれど、それこそが二人の関係なんじゃないかしら？　結局、二人のあいだにはセックスがあるだけ。それ以外は何もない。

「このひと月、あなたはどんなふうに過ごしていたの？」ダーシーは無理やり質問をひねり出した。

「きみは知りたくないだろう」

「いいえ、知りたいわ」

「万事順調だった」レンツォはあくびをした。「建設中のホテルはほぼ完璧で、新たに東京郊外の新しい美術館の設計を依頼された」

「でも、疲れているみたい」

「ああ、カーラ《シ》」レンツォの声には嘲笑の響きがあった。「ぼくは疲れている」

ダーシーは彼に密着している背中をくねらせた。「しばらくのあいだ休暇を取ることは考えていないの？　肩の荷を下ろし、自分の成功を楽しむことは」

「あまり考えていない」レンツォはまたあくびをした。

「なぜ？」彼のいらだちを感じながらも、ダーシーは食い下がった。

レンツォの声がこわばる。「ぼくのような地位にいる男は休めない。ぼくの居場所を虎《こ》視眈々《したんたん》と狙う才能ある新人が何百人もいるからな。ボールから目を離したらおしまいだ」

彼はダーシーの胸の頂を撫でた。「きみはどんなふうに過ごしていたんだ？」

「特に話すことはないわ。料理や飲み物を運んでいただけだもの」彼女は明るく答えた。

ダーシーは目を閉じた。ひと休みして眠るのかと思っていたが、違うらしい。レンツォが彼女の胸をつかみ、張りつめたものをヒップにこすりつけてきた。ダーシーが切羽つまった同意の声をもらすと、レンツォはすでに受け入れ準備ができている場所に背後から押し入った。

再びひとつになりながら、レンツォは彼女の髪にキスをし、指で胸の先端をもてあそんだ。ダーシーはたちまち身を震わせて降伏した。

この一時間のうちに二回のぼりつめ、ダーシーにはもはや疲労と闘う体力と気力が残っていなかった。彼女は深い眠りに落ちた。

しばらくしてレンツォが起きあがるのを感じて重いまぶたを開けたとき、ダーシーはまだ明るいことに気づいた。窓の外の梢の葉は夕日を浴びて金色がかった緑色に見える。遠くから小鳥のさえずりが聞こえた。

ここでこうして寝ていることが現実離れしたことに思えた。眼下の有名な広場がときどき蜃気楼《しんきろう》のように見える。豊かに生い茂る青葉を前にすると、田舎にいるような気分になった。ロンドンで最も値の張る不動産ならではの光景だ。あの梢の向こうにはダーシーの町がある。安売り店や汚い高層ビルが並び、歩道にはごみが舞う。渋滞する道路、いらだつドライバー。ここから何百万キロも離れているわけではないが、まるで別の宇宙にあるようなその場所に、彼女が家と呼ぶ小さなワンルームのアパートメントがある。億万長者のボスとウエイトレスの恋人。陳腐な古い小説から抜け出してきたような話だ。なぜならこんなことがわたしのような女の子の身に起こるはずはないのだから。

だが、レンツォは彼女の弱みにつけこんだわけではない。彼は決して無理強いをしなかった。四カ月前、ダーシーは家まで送るという彼の申し出を受け入れた。それは賢明な判断ではないという叫び声が頭のどこかから聞こえたけれど、彼女は人生で初めて、鮮やかな赤毛と同様に自分の一部である理性の声を押しつぶした。物心ついたときから冒険はせず、自分を守るために地道に生きてきた。しかし、そのときだけは自分がするべきことをするのではなく、自分が心から求めた何かに屈服した。その何かとはレンツォだ。彼を求めたように誰かを求めたことは一度もなかったから。

レンツォはひと晩だけのつもりだったはずだが、それは二晩になり、三晩となった。二人の違いを考えれば、すこぶる異例の展開と言えた。それは彼のアパートメントの壁の中だけでひそかに存在する関係だった。

暗黙の合意によって、二人は外でデートしたことが一度もない。レンツォの世界にいる人々は誰もが裕福で、大半は顔見知りだ。影響力のある仕事に就き、政界に顔がきく者もいる。ダーシーのような者はひとりもいない。二人が連れ立って公の場に出たら、かなり奇異な目で見られるだろう。あまりに不釣り合いだからだ。

二人の関係は〝利害が一致する友人〟と表現するのが最も正確だ。とはいえ、友情より利害の比重のほうが圧倒的に大きい。ダーシーの尊大なイタリア人の恋人は以前、真に友人と呼べる女性を持ったことがないと言った。女性は寝室とキッチンのためにある、と言いきったこともある。長時間に及ぶセックスのあと、解放的な気分になって口を滑らせたのだ。あとで冗談だと訂正したものの、ダーシーはその言葉の裏にいくばくかの本音を見て取った。なお悪いことに、がんばって非難がましい表情を顔に張りつけようとしても、円熟の域に達した彼の尊大さに、ダーシーはぞくぞくさせられた。

考えを突きつめていくうちに、思慮深いダーシーは気づいた。レンツォ・サバティーニは暑い夏の日に食べるアイスクリームのようなものなのだ、と。それは驚くほどおいしい。今まで食べたものの中でいちばんおいしいかもしれない。けれど、それはずっとあるわけではない。

ダーシーはトレイを持って寝室に戻ってきたレンツォを見上げた。それは彼女が一日に何度もしている仕事だ。唯一の違いは運ぶ人間が完全に裸であること。

「わたしを甘やかす気ね」ダーシーは言った。

「ただのお返しだ。ぼくの腿をなめるきみのテクニックは最高にすばらしい。どこで学んだのかきこうと思ったが、今気づいたよ」

「あなたから学んだと？」

「そのとおり《エザッタメンテ》」レンツォの目が輝いた。「空腹か？」

「喉が渇いたわ」

「そうだろうと思った」レンツォは身をかがめ、軽く口づけをした。

ダーシーは紅茶を受け取り、ジーンズをはく彼を見つめた。レンツォは赤ワイン入りのグラスを机に運び、椅子に腰かけて黒縁の眼鏡をかけた。さらにコンピューターをスリープモードから起動させ、画面をスクロールする。数分後には、彼は完全に画面の何かに夢中になり、ダーシーは急に締め出されたような気分に陥った。レンツォの背中を見ていると、自分は彼の人生の大きな車輪のちっぽけな歯車にすぎないと思えてくる。二回に及んだセックスの余韻に浸ることなく、早くも彼は仕事に没頭している――おそらく再びわたしに挑むことができるほど体が回復するまで。わたしはただ仰向けになり、彼を受け入れるのだろう。あるいはその場の雰囲気しだいでは彼の上になるかもしれない。それがわたしの役目だから。今まではそれで充分だった。けれど、不意に不満が頭をもたげ始めた。

わたしはいらだちのシグナルをレンツォに送ったのだろうか？　だから彼はいきなり質

問を浴びせてきたの？　まるで申し訳なさそうな否定の返事を期待しているかのように。

「どうかしたのか？」

それは彼女が〝いいえ〟と答えるきっかけだった。〝なんでもないわ〟と従順な笑顔で答えるきっかけ。なぜならいつもはそうしていたから。しかし、今日のダーシーは従順な気分ではなかった。勤務を終える直前、ラジオから流れてくる歌を聞いた。戻りたくない場所に彼女を連れ戻し、ずっと忘れようとしてきた母の記憶をよみがえらせる歌を。

だが、ちょっとしたメロディがそれほどまで琴線に触れ、泣きたい気持ちにさせるのはおかしい。たとえ何度失望しても、まだ誰かを愛せるという歌詞はおかしい。それを聞いたことが、レンツォのお抱え運転手を追い返した本当の理由だった。

ダーシーは地下鉄の駅まで歩きたかった。そうすれば思いがけない涙を雨が流してくれる。ここに来てイタリア人の恋人にベッドへ連れていってもらい、それが不安定な気持ちを拭い去ってくれるよう願った。

ところが、逆効果だったらしく、それは彼女の中の新たな不安を目覚めさせた。億万長者の豪華な家にかくまわれて味わうすばらしいセックスやシャンパンは幸福のレシピではない、と彼女に気づかせた。そしてこれを長く続ければ続けるほど現実の世界に——自分の世界に戻ることが難しくなる。

ダーシーは紅茶を飲み終え、カップを置いた。ペパーミントと薔薇《ばら》の花びらの味がまだかすかに舌に残っている。映画の最後に流れるクレジットのように、今がこの情事を終幕に向かわせるときだ。どれほどレンツォが恋しくても、わたしのほうから最後のクレジットを流し始める必要がある。

ダーシーは沈着でさりげない口調で切りだした。「しばらく会えなくなると思う」

それがレンツォの注意を引いた。画面に背を向けて振り返り、眼鏡を机に置いて眉根を寄せる。「どういう意味だ?」

「勤務先から一週間の休みをもらい、ノーフォークに行くつもりなの」

レンツォは珍しく困惑していた。一緒にいないあいだダーシーが何をしても、いつもなら関心を示さない。ときどき当たり障りのない質問をすることはあるが、それは明らかに質問を期待されている場合だけだ。だが今、彼は好奇心をそそられていた。

「ノーフォークに何をしに行くんだ?」

ダーシーは裸の肩をすくめた。「借りる家を探しに行くの。引っ越そうと思って」

「つまり、ここロンドンを離れるということか?」

「ずいぶん驚いているようね。ロンドンを離れる人は大勢いるわ」

「確かにそうだが……」レンツォはその選択肢が理解の範疇《はんちゅう》を超えているかのように顔をしかめた。「なぜノーフォークなんだ？」

単に変化を求めているとレンツォに思わせ、本当の理由は黙っていることもできた。現に、変化を求めているのは事実だ。けれど、ダーシーは何も理解していない彼に怒りを覚えた。彼に理解を期待する自分自身にも。彼女は怒りに震える低い声で答えた。

「そこでなら、煉瓦《れんが》の壁以外の景色が見える家を借りられるチャンスがあるからよ。別の仕事に就くチャンスも。〝頼む〟や〝ありがとう〟を言うどころか、わたしを見もしない忙しい通勤客目当ての店で働くのではなく。空気の新鮮な物価の安い町でなら、考えるだけで疲れてくる慌ただしい生活ではなく、人間らしい生活を送るチャンスがあるわ」

レンツォは眉をひそめた。「今住んでいる家が気に入らないのか？」

「わたしの要求にはぴったりの家よ」ダーシーは言葉を選んで答えた。「少なくとも今まではそうだった」

「あまり思い入れはなさそうだな」レンツォはいっそう眉をひそめた。「だから一度もぼくを招待しなかったのか？」

「そうかもしれない」実際はレンツォを困惑させたくなかったからだ。ダーシーは質素なワンルームの家で彼がトレイから夕食をとり、大きな体を狭いバスルームや小さなシングルベッドに押しこむところを想像しようとした。愉快な光景ではあるけれど、それは二人に気まずい思いをさせ、二人のあいだの大きな社会的な隔たりをますます強調したに違いない。だから、彼を招待しなかったのだ。「あなたは本当に招待してほしかったの？」

レンツォは熟考した。もちろん心から望んでいたわけではない。だが、招待されなかったことに驚いていた。ダーシーの暮らしぶりが自分とまったく違うことを理解するのに特別な才能は不要だ。もしそれを目の当たりにしたら、レンツォは小切手を書かずにいられなかっただろうし、無理やりそれを彼女に受け取らせようとしただろう。新しいクッションや絨毯《じゅうたん》、あるいは彼女がほしがれば新しいキッチンまで買うよう勧めたかもしれない。

女性との関係はいつもそれでうまくいっていた。だが、ダーシーは彼が出会った中で最も誇り高い女性であり、彼が強要したセクシーな下着以外のプレゼントは頑として拒んだ。かつて彼がつき合っていた資産家の娘たちでさえ、ダイヤモンドのネックレスやブレスレット、人気ブランドの赤い靴底のハイヒールを受け取るのをいとわなかったというのに。

レンツォは女性に高価なプレゼントをするのが好きだった。それは彼女たちに借りがあるような彼の良心の呵責《かしゃく》をやわらげてくれた。贈り物はその関係を一種の取り引きというドライなものに軽減してくれるからだ。にもかかわらず、経済的に苦しい彼のウエイトレスの恋人は、これが取り引きだということを知りたがらない。

「いや、違う。どうしても招待してほしかったわけではない」レンツォはゆっくりと答えた。「だがノーフォーク行きを決める前に、休暇の計画をぼくに相談してくれてもよかったんじゃないか?」

「でも、あなたは自分の計画をわたしに相談したことは一度もないわ、レンツォ。あなたはいつも自分の好きなようにしている」

「あらかじめぼくのスケジュールを教えてほしいと言っているのか?」レンツォは驚きの口調で尋ねた。

「とんでもない。あなたはそういうことはしないとはっきり言ったし、わたしはずっとそれを受け入れてきた。だから、もしわたしが同じことをしても、あなたに異議を唱える権利はないということ」

だが彼女は思い違いをしているし、それを自覚しているはずだ。レンツォはそう思った。この関係を仕切っているのはぼくだ。この情事の陰の実力者はぼくなのだ。彼女ほどの知性の持ち主ならとうに気づいているはずだ。

しかし、レンツォは彼女の緑の目にかたくなな光を見た。新たな決意のようなものがみなぎっているのを。

レンツォはぴんときた。「そのままノーフォークにとどまるかもしれないのか？」

「その可能性もあるわ」

「その場合、ぼくたちが会うのは今日で最後になる」

ダーシーは肩をすくめた。「そうかも」

「それでいいのか？」

「何を期待していたの？　いつかは終わらなければならない関係なのよ」

レンツォは思案げに眉をひそめた。自分がこの状況を支配していた二時間前までなら、二度と会えないと言われてもこれほど困惑はしなかっただろう。かすかな後悔と未練は感じたかもしれない。彼女との熱狂的な愛の営みにたまらない魅力を感じていたから。実際、〝きみはぼくの人生で最高の恋人だ〟とまで言っただろう。それはおそらく、完璧に自分好みに手取り足取り教えこんだからだ。

とはいえ、永遠に続くものなど存在しない。レンツォはそれを知っていた。一カ月もすれば、もしかしたらもっと早く、彼はダーシーがいた場所にほかの女性を据えるに違いない。ダーシー・デントンよりもたやすく彼の人生に調和する、もっとクールで身なりの調った女性を。

レンツォが気に入らないのは、彼女のほうから別れを切りだされたことだった。彼は生来の支配者だ。プライドが高く、負けん気が強い。おそらくダーシー以上に。女性に去られるのはプライドが許さない。彼のほうから先に去るのだ。彼が決めたときに。そしてレンツォはまだ彼女を求めていた。今はまだ、彼女からの電話を留守番電話に切り換えたり、届いたメールをしばらく放置しておいたりするほどの倦怠期《けんたいき》ではない。

「ひとりでノーフォークに行くのではなく、ぼくと一緒に休暇を過ごすというのはどうかな?」

大きく見開かれた目を見て、レンツォは彼女がその提案に驚いたことを知った。乱れたシーツの下で急に硬くなった胸の頂は興奮を物語っている。レンツォは下腹部に血が勢いよく流れこむのを感じた。どうやらぼくもその提案に興奮しているらしい。

ダーシーのエメラルド色の目に警戒の色が浮かんだ。「本気なの?」

「本気だったらいけないか?」

レンツォは椅子から立ちあがり、距離の近さがもたらす強力な効果を意識して、ベッドの端に腰かけた。

「そんなに忌まわしい提案か? ぼくが……恋人を旅行に連れていくというのは」

ダーシーは肩をすくめた。「いつものやり方じゃないわ。いつもわたしたちは家の中で会い、外には出なかった」

「だが予想のつくことばかり起きたら、人生はひどく退屈だ。ぼくとの数日間の旅行はきみにとって魅力的じゃないのか？」レンツォは温かい重みのある胸を手のひらで包み、はっと息をのんだ彼女の喉が締めつけられるさまを見た。

ダーシーは唇を噛《か》んだ。「レンツォ……」

「なんだ？」

「そんな……そんなふうに胸に触れられたら、まともに考えられないわ」

「寝室で考え事とは、確かにずいぶん不似合いだな」レンツォは物憂げに言い、かすかに指先に力を加えた。「何を考えることがあるんだ？ぼくの提案はきわめてシンプルだ。一緒にトスカーナへ行こう。ぼくは今週末そこへ行く用事がある。数日間ぼくと一緒に過ごしても、まだノーフォークへ行く時間はあるだろう？」

レンツォの胸への愛撫は続き、ダーシーは枕に寄りかかって目を閉じた。「そこにあなたの家があるの？」息を吸って続ける。「トスカーナに」

「もうじきぼくの家ではなくなる。そのために行く。売却するためにな」レンツォの声が険しくなり、胸を揉《も》む手に力がこもった。「きみが一緒でも何も問題はない。ぼくはパリに寄って仕事を片づけてから行く。きみはあとから追いかけてくれ」そこでレンツォは間をおいた。「きみはこの計画にそそられないのか、ダーシー?」

レンツォが敏感になった胸の先端をからかい続けるので、彼の言葉はダーシーの頭の中になかなか入ってこなかった。彼女は目を開け、レンツォの質問に集中しようとした。彼の黒い目は石炭のかけらのように硬い輝きを帯びていたが、彼のゆっくりした指の動きが紡ぐ魔法の力を弱めることはなかった。

ダーシーは舌で唇を湿らせた。もちろんその計画にはそそられた。けれど、トスカーナへの旅に誘われたことで、レースで勝った馬のように動悸《どうき》が激しくなっているわけではない。彼女にとって魅力的なのはレンツォと一緒に過ごせることだ。まったく別の環境で、最後に彼と思いきり愛し合うチャンスをつかむのはそんなに悪いことかしら?

レンツォのアパートメントは想像を絶するほど広いが、いくら地下のプールや暖かい屋上のテラスや広大な映写室があっても、ダーシーは自分が調度品の一部になったような息苦しさを感じ始めていた。イタリアに行き、解放感のある外国の風景の中で、彼の本物の恋人のふりをすることはできないかしら? 会うたびに下着をはぎ取られるだけの女ではなく、彼に特別な思いを寄せられている女性のふりを。

「そそられるわ」ダーシーは言った。「少しね」

「最高に熱烈な反応とは言えないな」レンツォは指摘した。「だが、承諾と受け取っていいのか?」

「ええ」レンツォがもう一方の胸に注意を向けたとき、ダーシーは枕に頭をのせた。

「よかった」円を描いていたレンツォの指が一瞬止まる。「だが、まずはぼくにきみの新しい服を買わせてくれ」

ダーシーは身を硬くして目をぱっと開け、とっさに彼の手を押しのけた。「わたしがあなたのお金に興味がないことをいつになったらわかるの、レンツォ?」

「だいたいはわかっている」レンツォはそっけなく応じた。「その自立心は立派だが、きみは少し考え違いをしている。なぜ潔く受け入れない? ぼくはプレゼントをするのが好きだし、大半の女性は喜んで受け取る」

「あなたの親切心や寛大さには感謝しているわ」ダーシーはこわばった口調で言った。

「それでもわたしは欲しくないの」

「欲しいかどうかではなく、必要性の問題なんだ。今回ばかりはぼくも譲れない。ぼくにはイタリアで保ちたい体面がある。ぼくに同行する女性として、きみは必然的に注目を浴びるだろう。ふさわしい服装をしていないという理由で批判的な評価を下されている、ときみに感じてほしくないんだ」

「あなたはわたしを正しく評価しているものね？」ダーシーは皮肉を込めて言い返した。

レンツォはかぶりを振り、ゆっくりと笑みを浮かべて低い声で言った。「もう気づいているといると思うが、ぼくはきみが何も着ていないほうが好きだ。白い見事な肌が最高に美しく見えるから。しかし、ぼくはおおいにそそられるが、トスカーナの丘を全裸で散歩するわけにはいかないだろう？ ぼくはきみのために言っているんだ、ダーシー。すてきな服を数着買ってくれ。ディナーの席で着られるような服を。別にたいしたことじゃない」

ダーシーは口を開き、〝わたしにとってはたいしたことよ〟と言おうとした。だが突然レンツォが立ちあがり、ダーシーは彼の影にすっぽりと覆われた。ダーシーは黒檀《こくたん》のように輝く目を見上げ、胸が奇妙に締めつけられるのを感じた。彼と別れたらわたしはどれほど寂しく思うだろう？ 彼がいない空虚な生活にどうやって戻ったらいいの？

「何をしているの？」ダーシーはジーンズのファスナーを下ろし始めた彼に尋ねた。

「決まっているだろう？ 想像力を働かせてくれ」レンツォは穏やかに応じた。「ぼくの金で買い物をするよう、きみを説得しようとしているんだ」

2

ファーストクラスのチケット代金を渡し、ダーシーに乗るよう指示した飛行機は、数十分前に着陸した。二十分前には乗客が到着ロビーに出てきたが、その中に彼女はいなかった。到着ロビーを行き交う大勢の人たちを凝視するレンツォの目は、しだいに険しくなった。新しい上等の服に身を包み、一刻も早く彼に会いたくて人混みをかき分けるダーシーの姿を、色白の顔を上気させて駆け寄ってくるダーシーを期待していたにもかかわらず、彼女の姿はどこにもない。航空会社のスタッフは彼のいらだちに対処すべく、懸命に乗客名簿を調べている。そのあいだ、レンツォの頭には信じられない考えが渦巻いていた。彼

レンツォは腕時計を見て、舌打ちをした。いったい彼女はどこにいるんだ？　ぼくが常にスケジュールどおりに動き、遅刻を嫌うことは知っているはずなのに。レンツォはフィレンツェ空港のＶＩＰラウンジで長い脚を組み、その動きが女性たちの目を引きつけていることを意識しながらも、まったく取り合わなかった。今、彼の心を占める女性はひとりしかいないからだ。

女の気が変わり、イタリアでぼくと合流するのをやめたのかもしれない……。

レンツォは顔をしかめた。ぼくが渡した現金を受け取ったときの彼女の苦々しい顔は本物だったのか？　単にふりをしているだけかと思っていた。大半の女性が当たり前のごとく持っている貪欲さを隠しているだけかと。だが、その判断は誤りだったらしい。きちんとした服を買うよう促され、彼女は思いのほか気分を害したのだろう。

あるいは初めからここに来る気はなく、二度とぼくに会わないつもりで、金を持ち逃げしたのかもしれない。

レンツォは唇を引き結んだ。ぼくはそのゆがんだ考えが事実であることを半ば願っていいるんじゃないか？　自分の特権と考えていた別れの決断を先んじられて憤慨する代わりに、彼女を嫌悪するもっともらしい理由を求めているのでは？　レンツォはまたも腕時計を見た。関係の終了を告げた女性がぼくの相手としてふさわしい上流階級の誰かではなく、カクテルバーで拾った赤毛のウエイトレスだとは、なんとも皮肉な話だ。

ダーシーに出会ったあの夜、レンツォは外出する気さえなかった。昔から知っている銀行家のグループがアルゼンチンから訪ねてきて、ロンドンで夜遊びをしたいというので、軽く一杯つき合うことにしたのだ。レンツォはナイトクラブがあまり好きではなく、グランチェスター・ホテルの混雑した〈スターライト・ルーム〉に入ったとき、六人の男が大騒ぎしていたのを覚えている。銀行家たちはシャンパンを注文し、カクテルを飲んでいるどの女性にダンスを申しこむかを決めた。だが、レンツォは誘うように彼にほほ笑みかけるすらりとした女性たちには興味がなかった。彼の目は最高の曲線美を持つ赤毛の女性に釘《くぎ》づけになった。黒いサテンのドレスが丸いヒップをくっきりと浮き立たせていたが、レンツォの喉をからからにさせたのは彼女の胸だった。

なんてことだ《マドンナ》、美しい《ケ・ベッツラ》！　見事な胸だ！

彼はおいしそうに揺れる胸の深い谷間に舌を這《は》わせたくてたまらなくなった。それは、ひと目見ただけで生涯忘れられなくなるような胸だった。

結局、レンツォは最後まで誰とも踊らなかった。彼女を見るのに忙しかったから、そして下腹部が張りつめていたからだ。レンツォはもっぱら彼女に飲み物を頼み、その中身がすべて残っていることに彼女は気づくだろうかと考えた。彼女を自分のテーブルに呼ぶたび、空気中に電気が走るのを感じた。初対面の人間にそこまで強烈に惹《ひ》かれるのは初めてだった。二人のあいだに生じた化学反応を彼女も感じていることを期待したが、彼女はそっけなかった。大きな緑の目を用心深そうに細めて彼を見るさまは、よほど経験の乏しい女性か、さもなければよほど演技力のある女性に違いないと彼に思わせた。もし前者だとわかっていたら、ぼくはそれでも彼女を追いかけただろうか？

もちろん追いかけた。レンツォは自分を止められないとわかっていた。彼女を自分のものにするまで心の平安は得られないと訴える強烈な欲望に取りつかれていたからだ。

ようやくダーシーがクラブから出てきたとき、車の中で待っていたレンツォは、彼女に降り注ぐ激しい雨に感謝した。彼女は傘を開いた折、レンツォに気づいて少し驚いた顔をした。毎晩彼女を家まで送る別の男がいるのだろうかと思ったが、それでもレンツォは運転手に前進を命じた。ところが、車に乗れという誘いを彼女は驚くほどきっぱりと断った。

〝いいえ、けっこうよ〟

〝なんだって？〟

〝あなたの狙いはわかっているわ〟ダーシーは低い声で言った。〝わたしからそれを得ることはできない〟

そう言うなり彼女は夜の雑踏へと歩きだした。レンツォはリムジンの後部座席にもたれ、遠ざかっていく後ろ姿を眺めた。口をぽかんと開け、欲求不満と彼女への不本意な称賛に体をうずかせながら。

　レンツォは翌日も、ニューヨークへの出張から戻った週末も、そのクラブに足を運んだ。彼女はいるときもあれば、不在のときもあった。どうやら週末だけ働いているようだった。昼間は別の店でウエイトレスをしていることを聞かされたのは少しあとのことだ。

　ダーシーから情報を引き出すのは至難の業に思えた。口が固く、拒絶を続ける女性は初めてだった。過去に女性を追う必要のなかったレンツォがそこまで執拗《しつよう》な行動に出たのはそのせいだろう。そして時間を無駄にしているのではないかと思い始めた矢先、彼女はレンツォに家まで送らせることを承諾した。

　レンツォは彼女を見つめ、茶化すように言った。〝これは驚きだ《マドンナ・ミア》！　車に乗るのを受け入れるほどぼくを信用してくれたのか？〟

　ダーシーは細い肩をすくめた。光沢のある黒いサテンのドレスの下で大きな胸が揺れ、レンツォの下腹部に興奮の矢が突き刺さる。

　〝そうかもね。今ではほかの従業員もみんなあなたを見ているし、監視カメラにも映っているから、もしあなたが殺人犯ならすぐに逮捕されるでしょう〟

　〝ぼくが殺人犯に見えるか？〟

　ダーシーはほほ笑んだ。まるで雲間から太陽が現れたようだった。

　〝いいえ。でも、少し危険そうに見える〟

　〝それはぼくの長所だとよく女性たちに言わ

〝でしょうね。わたしは同意しないけれど。とにかく、今夜はいやな天気だから、あなたの車で帰ったほうがいいと思うの。でも、心変わりはしていませんから〟彼女は勢いこんでつけ加えた。〝あなたとベッドをともにする気になったわけじゃない。もしそう思っているのなら、あなたは失望する羽目になる〟

実際には、間違っていたのは彼女のほうだった。二人を乗せた車が濡《ぬ》れた道路を走り始めると、レンツォは断られるのを覚悟でコーヒーを誘った。だが、彼女にとっても二人のあいだに生じた化学反応は強烈だったらしい。革のにおいがする車内で隣に座りながら、おれる〟

そらく緊張と切望で喉も締めつけられ、ダーシーも彼と同様、話すのが難しいようだった。レンツォがアパートメントにダーシーを連れていくと、彼女は〝本当はコーヒーが好きじゃないの〟と取り澄ました顔で言った。

レンツォはペパーミントと薔薇《ばら》の花の香りがする紅茶をいれ、人生で初めて、事を急がなければ彼女を失うかもしれないという焦燥感に駆られた。大きなソファに彼女を座らせ、慣れない我慢をしていたレンツォはついに彼女に覆いかぶさってキスをした。彼女は抵抗もせずに身を震わせ、レンツォはまさにその場で彼女を奪った。居間から寝室へと移動するあいだに彼女の気が変わることを恐れて。

彼女がバージンだと知ったのはそのときだった。あの瞬間、何かが変わり、世界の軸が傾いた気がした。バージンと関係を持つのは初めてだったから。体の奥からほとばしる原始的な満足感に対する心構えさえできていなかった。クッションに囲まれて息を切らしながら彼女の汗ばんだ頬から髪を払いのけ、レンツォは尋ねた。なぜ最初に言わなかったのかと。

〝もし話したら、あなたはやめていたでしょう？〟

〝いや。だが、きみの初めての性的な冒険だとわかっていたら、ソファではなく大きなベッドの中央にきみを横たえた〟

〝中世の生《い》け贄《にえ》か何かのように？〟

彼女の言葉に、レンツォは困惑した。感情的な反応を予想していたからだ。冷ややかな反応ではなく。

その冷ややかさゆえに、ぼくはいっそう彼女に欲望を覚えたのではないだろうか。たぶんそうだ。ひと晩だけだと思っていたが、間違いだった。

レンツォは一度もウエイトレスとつき合ったことがなく、上流階級に属する自分が、あえて下々の女性とつき合う理由はないと思っていた。だが、ダーシーは彼を困惑させた。彼女はレンツォが昔つき合っていた研究者と同じくらい多くの本を読んでいた。分子生物学より小説を好んだが。そのうえダーシーは、彼が関係を持ったほかの多くの女性たちとは違っていた。自分の過去を長々と語って彼をうんざりさせることも、彼を質問攻めにして身構えさせることもなかった。

頻繁ではないものの、刺激的な情事を含む満足度の高い二人の逢瀬《おうせ》は、どちらの要求も満たしているように思えた。レンツォが女性との密接な、あるいは永続的なつながりを求めていないことを、ダーシーは本能的に理解していたはずだ。今も、これからもずっと、彼がそれを求めていないことを。

だが、ときどき不愉快な問いがレンツォの脳裏をよぎることがあった。なぜあれほどの美人がほとんど知らない男にバージンを与えたのだろう？　そしてぼくは忌まわしい答えを思いついたのではなかったか？　彼女はより高い値を自分につける男が現れるのを待っていたのではないか、という答えを……。

「レンツォ！」

ダーシーの声が彼を現実に引き戻した。レンツォは顔を上げ、ぼろぼろのスーツケースを引きながら彼のほうに歩いてくる女性を見た。レンツォは目を険しく細めた。あれは確かにダーシーだ。だが、冴《さ》えないウエイトレスの制服を着た、あるいは色白の体を糊《のり》のきいた白いシーツにくるんだ、彼のよく知るダーシーではない。レンツォは目をしばたたいた。それは太陽の色の生地に青い小さな花柄をあしらったドレスを着たダーシーだった。シンプルなコットンのドレスだが、それを着た彼女は注目に値した。その場にいたすべての男の視線を引きつけたのは上等な仕立てや高級ブランドではなく、若々しい体と自然な美しさだ。服から伸びた腕や脚はジムでのばかげた運動ではなく、堅実な肉体労働で引き締まっている。彼女はまばゆいばかりに輝き、作り物ではない大きな胸が弾むのを見た男は誰でも生殖行為を連想するだろう。レンツォの口の中が乾いた。子作りは彼の予定表にないが、セックスは間違いなくある。レンツォは彼女を腕にかきいだき、激しく唇を貪って、押しつけられる柔らかな胸を感じたかった。だがレンツォ・サバティーニはどこの空港であっても、故国の空港ならなおさら、人前でそのような愛情表現はしない。

それに今はそんなことより、この世には誰ひとり彼を待たせる者はいないという事実を思い知らせるときだ。

「遅刻だぞ」レンツォは高圧的に言い、新聞を投げ捨てて立ちあがった。

ダーシーはうなずいた。レンツォのいらだちは伝わってきたものの、自分に注がれた彼のまなざしを見て喜びと安堵《あんど》を覚えた。レンツォが期待した高価な服ではなく、安いコットンのドレスを選んだのは正解だったのだ。

この旅行は彼女の生涯最高の休暇になるに違いないので、出だしは重要だった。遅刻したのは確かだが、週の初めは立っていられないほどの吐き気に悩まされ、ここに来られるかどうか不安を覚えたことを考えれば、上出来だ。

「ええ、わかっているわ。ごめんなさい」

レンツォは彼女からスーツケースを取りあげ、手荷物を奪い取って、その重さにたじろいだ。「何が入っているんだ？　煉瓦《れんが》か？」

「本を何冊か持ってきたの」ダーシーは彼と並んで出口に向かいながら答えた。「読書の時間があるかどうかわからないけれど」

いつものレンツォなら挑発的な言葉を返してくるのだが、今はしかめっ面を保っている。まだ待たされたことを許していないらしい。陽光が輝く外に出たときも、レンツォは何も言わなかった。一方、ダーシーは見たこともない真っ青な空に圧倒され、彼が不機嫌なことをすっかり忘れた。

「ああ、レンツォ、自分がイタリアにいるなんて信じられない。なんて美しいのかしら」

ダーシーは興奮して周囲を見まわしたが、まだレンツォは何も答えない。彼はつややかな黒い車が空港を抜け出し、キウージと書かれた標識目指して進むまで押し黙っていた。

「ぼくはあのいまいましい空港で一時間以上も待っていたんだぞ」レンツォはついに切り

だした。「なぜぼくが指示した飛行機に乗らなかった?」

ダーシーはためらった。曖昧な作り話で彼をなだめることもできたが、彼女の人生はすでに多くの言い逃れや秘密で覆われていた。誰かが調べあげて白日の下にさらし、彼女を糾弾するのではないかと怯《おび》えてしまうほどに。なぜこれ以上隠し事のリストを長くしようとするの? それに、今回はわたしが恥じるようなことではない。だったら、自分の下した決断を正直に話すべきでは? レンツォに分厚い札束を手の中に押しこまれ、言いようのない不快感がこみあげたときに下した決断を。

「あまりに高額だったからよ」

「搭乗券を買う金は渡した」

「ええ、そうね。あなたは本当に気前がいいわ」ダーシーは深呼吸をした。「でも、フィレンツェまでのファーストクラスの運賃がいくらなのか自分で確かめたら、わたしには乗れないと思ったの」

「乗れないとはどういう意味だ?」

「二時間のフライトにしては、ばかげた金額に思えて。だから格安航空会社のチケットを買ったのよ」

「なんだって?」

「あなたもときどきやってみるべきよ。確かにサンドイッチは途中で品切れになったし、紅茶は冷えきっていた。だけど、大金を節約できた。服に関しても同じよ」

「服?」レンツォはわけがわからないといった様子できき返した。

「ええ。あなたに勧められたボンド・ストリートのデパートに行ってみたけれど、そこの服もばかばかしいほど高かった。シンプルなTシャツ一枚にあの値段を払う人がいるなんて信じられない。それで目抜き通りに行き、もっと安い服を見つけたの。このドレスのような」ダーシーはぱりっとした黄色の生地を腿まで撫《な》でつけた。「なかなかいいと思わない?」

レンツォは彼女の手が置かれた場所をちらりと見た。「ああ」声がくぐもる。「なかなかいい」

「だったら何が問題なの?」

レンツォは手のひらでハンドルをたたいた。

「問題は、ぼくは人に逆らわれるのが好きではないということだ」

ダーシーは笑った。「まあ、レンツォ。校長先生みたい。あなたはわたしの先生ではないし、わたしはあなたの生徒ではないのよ」

「そうか?」レンツォは眉を上げた。「ぼくはきみにかなりのことを教えたと思うが」

ダーシーの顔が赤くなった。車は緑の山裾を疾駆していく。ダーシーは不意に、トスカーナの田園風景よりレンツォの横顔のほうがはるかに魅力的だと気づいた。彼は信じられないほどすてきだ。これまでに出会ったどの男性よりも。この先また誰かに今みたいな気持ちを感じることがあるかしら？　彼を見るたびに感じる息ができなくなるような胸苦しさを。たぶんないだろう。過去にも一度としてなかった。だったら今後、それが起きる可能性はどれくらいあるの？

二人が出会ったときに起きたことを、彼はなんと表現したかしら？　落雷《コルポ　ディ・フルミネ》――わたしが知っている数少ないイタリア語。それがめったに起こらないことは誰でもわかる。

ダーシーは彼を盗み見た。黒い髪は乱れ、シャツは喉元が開いて、ブロンズ色の肌がトスカーナの陽光を浴びて金色に輝いている。チャコールグレーのズボンはぴんと張りつめ、筋肉質の腿に視線を這わせたダーシーの鼓動は急に速くなった。レンツォに誘惑されたあの夜――いいえ、わたしがあっさり陥落したあの夜以来、二人で車に乗ることはほとんどなかった。それどころか、寝室を出て外出することすら、めったになかった。ほかの女性なら不満をいだくかもしれない。けれど今、ダーシーは不意にそれでよかったのだと思った。

目の前を横切るテレビのコマーシャルに出てくるような風景を見ながら、ダーシーはこうした待遇にはいとも簡単に慣れてしまうだろうと思った。美しい田園地帯をドライブする贅沢《ぜいたく》だけでなく、本物の恋人同士になったような贅沢にも。

しかし、慣れてはいけない。これは一回限りのものだから。レンツォ・サバティーニとの最後の甘美なひとときを過ごしたら、ノーフォークで新しい生活を始め、彼を忘れるのだ。冷たい心を持ち、本当の喜びを教えてくれた男性を。寝室では虎に変わる気難しい才能あふれる建築家を。

「それで、あなたの家に着いたら何をするの？」ダーシーは尋ねた。

「愛し合う以外に？」

「ええ、それ以外に」どうしようもなく胸が高鳴ったものの、ダーシーは彼にそれを言ってほしくなかった。レンツォの人生におけるわたしの唯一の役割について、念を押す必要があるの？　そういえば、ハイキングシューズを持ってきたけれど、完全に状況を見誤ったかしら？　彼はトスカーナを案内してくれる気があるの？　それとも、いつもより魅惑的な場所で情事に励むだけ？

ダーシーの困惑を感じ取ったのか、車が高速道路から静かな道路に入ったとき、レンツォはちらりと彼女を見た。

「ぼくの屋敷と土地を買う予定の男がディナーの時間に訪ねてくる」

「そういうことって、いつものことなの？」

「いや、そういうわけではない。その男はぼくの弁護士なんだ。それにぼくは彼を説得し、バロンブローザの屋敷で長年働いているスタッフをそのまま置いてもらおうと考えている。彼は恋人を連れてくるから、人数合わせのためにきみがいたほうがいい」

ダーシーはうなずいた。

人数合わせのため……。もちろんそうでしょうとも。しょせん、わたしは空席を埋めるため、そして建築業界の帝王のベッドを温めるためだけの女。それ以上の存在ではない。

ダーシーは愚かにもレンツォの言葉に傷つき、それを見せまいとした。彼女がはるか昔に習得した技術だ。子供のころの貧困と恐怖が仮面の下に感情を隠すことを彼女に教えた。そして今のダーシーは最高の仮面をつけている。今なら、洗練されて住み心地のいい快適な家にふさわしい子供を求めている里親にも気に入られるだろう。

「外国に来たのは何年ぶりだ、ダーシー?」

小さな丘の頂上にある村を通り過ぎたとき、レンツォは尋ねた。

「ずいぶん久しぶりだわ」ダーシーは曖昧に答えた。

「なぜだ?」

ダーシーはしばらく考え、十五歳のときのスペインへの長距離バスの旅を思い出した。夏の灼熱《しゃくねつ》の太陽が彼女の白い肌を焼き、キャンプ場のトレーラーハウスは熱いブリキ缶の中にいるようだった。それでも、寄付金を集めて最初で最後になるかもしれない外国旅行に自分たちを送り出してくれた養護施設近くの教会に、彼らは感謝するべきだったし、ダーシーももちろん心から感謝していた。

女子用シャワー室の壁に誰かがドリルでのぞき穴をあけ、大騒ぎになるまでは。そしてダーシーが大混雑のプールで泳いでいるあいだに、誰かが彼女のショーツを盗まなければ。

レンツォ・サバティーニが所有するトスカーナの別荘でそういう目に遭うことはありえないだろうが。

「十代のころ、修学旅行に行ったの」ダーシーは答えた。「それが唯一の海外旅行よ」

レンツォは眉根を寄せた。「つまり、旅行はあまりしたことがないんだな？」

「ええ、確かに」

不意にダーシーは不安に駆られた。この旅のあいだにわたしは何か失敗をするのではないかしら？　豪華なディナーの最中にナイフとフォークの使い方を間違えるような明らかな失敗はしない。長年のウエイトレスの経験からそうしたマナーは頭に入っていた。

そこでダーシーはふと気づいた。数日間ずっと一緒にいたら気が緩むこともあるだろう。うっかり口を滑らせ、秘密を明かしてしまうかもしれない。彼が嫌悪感をいだくに違いない秘密を。

以前レンツォは、わたしの好きなところと

して、自分を質問攻めにしないことを挙げていた。もっとよく彼を理解しようとして根掘り葉掘り尋ねないところが好きだと。でも、それはお互いの努力で成り立っている。過去を尋ねないこと――それはわたしにとっても都合がいい。嘘《うそ》はつきたくないが、彼に真実を話すなんて絶対にできない。話しても無駄だから。

二人の関係に未来はない。なのにどうして、麻薬中毒の母親のことを話す必要があるだろう? ショックと嘲りが浮かぶ彼の顔を見る苦しみに耐えられるわけがない。ダーシーはこれまで何人もの顔にそれを見てきた。誰もがよりよい生活を目指して奮闘し、他人を批判する世界で身を立てる最善の方法は、すべての闇をできるだけ深く埋めてしまうことだと気づくのに長い時間はかからなかった。

だが母親を思い出したことで良心が激しく痛み、ダーシーは飛行機の中で気になっていたことに注意を向けようとした。

「わたしが航空運賃と衣装代を節約したことはわかった?」

「ああ、わかった。きみの持論は聞いた」レンツォは横目で彼女をにらみ、唇に冷笑を宿した。「わざわざ安物を求めて比較検討すればいくら節約できるか、あり余る金を持つ裕福な男が貧しい女の子に教えられた。実にありがたい」

「皮肉はやめて」ダーシーはこわばった声で訴えた。「お金を返したいの。大半は封筒に入れてハンドバッグの中にあるわ」

「ぼくは返してほしくない。いつになったらわかるんだ？　ぼくは充分以上に金を持っている。きみはそれでいい気分になれるのか？　だとしたら、きみの才覚やぼくの富に誘惑されない意志の強さは称賛しよう。きみは、たぐいまれな女性だ」

つかの間の沈黙があった。

「わたしはあなたのお金に引かれているわけじゃない。あなたもわかっているはずよ」

言うつもりのなかったその言葉は車内に反響し、最初にレンツォのどこに惹かれたのかを図らずも暴露した。彼のお金でも、社会的地位でもない。彼自身だ。これまで出会った中で最もカリスマ性があり、人の心をつかんで離さない男性。ダーシーは彼がはっと息をのむ音を聞いた。

「なんてことだ《マドンナ・ミア》」レンツォは穏やかな口調で言った。「次の角で曲がり、最寄りの一時待避所で車を止めさせたいのか？　そうすれば、ぼくはきみに最後に会って以来したくてたまらなかったことができる」

「レンツォ――」

「ぼくがきみにしてもらいたいのは金の節約じゃない！　ぼくの膝に手を置き、ぼくがどれほど張りつめているかを感じてもらいたいんだ」

「運転中は無理よ」ダーシーは言い、レンツォが感情の問題を性的な話題に変えたことに失望したが、顔には出さなかった。彼はそういう人だから。ダーシーは自分に思い出させた。彼は感情的ではなく、常に性的だ。彼の興奮を知るために触れる必要はない。さっと視線を走らせただけで、黒っぽいズボンがふくらんでいるのがわかる。急に唇が乾き、ダーシーは舌で唇をなぞった。

ああ、今すぐ愛し合えたらいいのに。セックスは決して手に入らないものを切望する気持ちを抑えてくれるから。きみを愛して生涯守り抜くと約束してくれる男性を求める気持ちを。

ダーシーは懸命に思考を現在へと引き戻した。「代わりに、これから行く場所のことを話して」

「不動産の話をすることが、そのきれいな服の下を探索することの代わりとしてふさわしいと思うのか？」

「ふさわしいかどうかはともかく、きわめて重要だと思う。もしあなたが運転に集中するつもりなら。たぶん最も賢明な選択よ」

「ああ、ダーシー」彼は小さく笑った。「きみのそういうところにはつくづく感心するよ。いつもしゃれた答えを思いつく能力に。前にも褒めたことがあったかな？」

「家よ、レンツォ。わたしは家の話が聞きたいの」

「わかった。家だな。古い屋敷だ」レンツォはスイカを山のように積んだトラックを追い越した。「昔の画家はまったく美しいとは思わないピアチェンツァの南の村ではなく、そこを背景に絵を描くべきだったと思うほど風《ふう》光明媚《こうめいび》な場所に立っている。敷地内には果樹園と葡萄園《ぶどうえん》とオリーブ畑があり、そこではサンジョベーゼ種の葡萄から作った最高級ワインと、ロンドンやパリの高級デパートで売っているオリーブオイルを生産している」

不動産業者のホームページから盗用したようにすらすらと暗唱するレンツォに、ダーシーは奇妙な失望感を覚えた。それでも、律儀に言った。

「すばらしいところみたいね」

「ああ」

「それなら……どうして売るの？」

レンツォは肩をすくめた。「潮時だから」

「どういう意味？」

よけいな質問をしたと気づいたが、手遅れだった。太陽が雲の後ろに隠れたようにレンツォの顔が暗くなり、口はかたくなに引き結ばれた。

「ぼくたちのたぐいまれな化学反応が続いている理由のひとつは、きみがぼくに質問を浴びせないからだ。そうじゃなかったか？」

ダーシーは彼の口調が急に険しくなったのを感じ取った。「わたしはただ――」

「やめろ。詮索するな。今までずっとうまくいっていたものを、なぜ変える？」彼女の言葉を遮るレンツォの声は厳しく、道端に生い茂った草木の中に目立たない標識が出現したときには、ハンドルを握る手はこわばっていた。「とにかく着いた。ここがバロンブローザだ」

レンツォの顔はまだ険しかった。車は狭い並木道を登り、荘厳な黒い錬鉄製の門に近づいていく。まるで天国の門のようだ。

それとも地獄の門かしら？　ダーシーは突然の胸騒ぎとともにそう思った。

3

「わたしはどうやってみんなと会話をしたらいいの？」日当たりのいい中庭に出たとき、ダーシーはレンツォに尋ねた。「わたしが知っているイタリア語は、飛行機の中で覚えた慣用表現集のいくつかの単語と、落雷という言葉だけなのに」

「我が家のスタッフは全員二カ国語を話す」

レンツォは車内での不機嫌さをもう忘れたようだった。「安心してきみの母国語を話すといい」

あざ笑われている気がし、ダーシーは顔をそむけて唇を噛《か》んだ。母国語ですって？　わたしの母はほとんど何も言葉を教えてくれなかった。もし警察にそのまま話したら、母が逮捕されるような言葉以外は。

〝その注射針をママに渡して、ダーリン〟

〝そのマッチをママに渡して〟

〝前にあの男の人に会ったことがあるかと警官にきかれたら、いいえと答えるのよ〟

だが、ダーシーは明るくほほ笑んで日陰の邸内に入り、年配の家政婦ジゼラや、その夫で日に焼けた庭師パスカーレと握手をした。ジゼラの補佐的な仕事をしているという黒髪の若くかわいい女性は、レンツォにステファニアだと紹介されると、はにかんで顔を赤らめた。ドナートという料理人もいた。レンツォがこの別荘に滞在するときだけローマから飛んでくるらしい。浅黒く筋骨たくましいドナートは非常にハンサムで、ほぼ間違いなくゲイだった。

「ランチは一時間後の予定です」ドナートは二人に言った。「でも空腹でしたら早めることもできます」

「いや、待てると思う」レンツォは言い、ダーシーを見やった。「荷物が部屋に運ばれるあいだ、敷地を散歩しないか？」

ダーシーはうなずいた。そんなふうに敬意

を表されるのは奇妙な感じがした。本物の恋人のようにスタッフに紹介されるのも。だが有頂天になってはいけないと自分に言い聞かせ、レンツォのあとから外に出て、敷地の広大さに目をしばたたいた。

まだそのごく一部しか見ていないのに、ダーシーの五感はバロンブローザの美しさに圧倒された。紫色のラベンダーの上を蜜蜂が飛び交い、色鮮やかな蝶《ちょう》が舞っている。熱を帯びた石の上では小さなトカゲが日光浴をしていた。古色蒼然《こしょくそうぜん》とした屋敷を囲む高い塀には、ピンクの薔薇《ばら》が這《は》い、石のアーチが遠くに見える緑の山々を額さながらに切り取っている。こんな場所で成長するのはどんな感じだろうかとダーシーは考え、自分が家と呼べる唯一の場所、イギリス北部の灰色の施設と比較した。

「気に入ったか？」レンツォは尋ねた。

「気に入らないわけがないわ。美しいところね」

「きみはもっと美しい」レンツォは彼女に向き直り、優しい声で言った。

車内で言い争ったことを思い出し、ダーシーは抵抗したかった。だが腰に置かれた彼の手や腿を撫《な》でる指にはあらがえず、鎧戸《よろいど》が閉まった彼の薄暗い寝室にたどり着くまでには切望に身を焦がしていた。

そこは木の梁《はり》が印象的な広々とした部屋だ

ったが、室内を見まわす時間はなかった。レンツォに抱き締められ、唇を奪われたからだ。彼の指が赤毛に絡みつく。

「レンツォ……」ダーシーは息も絶え絶えに言った。

「なんだ？」

ダーシーは唇をなめた。「わかっているはずよ」

「ああ」レンツォはにやりとした。「これが欲しいんだろう？」

レンツォはファスナーを下ろし、黄色のドレスを彼女の体からはぎ取った。空気が素肌を撫で、ドレスが足首のまわりで円を描く。

「そうよ」ダーシーはささやいた。「これが欲しいの」

「ぼくがどれほどきみのことを夢想していたかわかるか？」レースのブラジャーのホックを外しながらレンツォは尋ねた。「どれほどきみとこうすることを思い描いていたか」

ダーシーはうなずいた。「わたしもよ」彼女は小声で応じた。新しい環境と本物の恋人のような雰囲気に恥じらいを覚えたからだ。

しかし、それも長くは続かなかった。激しい動悸《どうき》とたぎる血に急《せ》き立《た》てられ、欲望に震える指で彼のベルトを手探りする。二人ともまたたく間に裸になった。レンツォが彼女をベッドに押し倒し、覆いかぶさる。鎧戸から もれる柔らかな光が二人の体に影を落とした。

レンツォが親指でゆっくりと秘めやかな場所を撫でる。ダーシーはたくましい肩をつかみ、たちまちのぼりつめた。恥ずかしいほどあっけなく。レンツォは優しく笑い、おもむろに彼女の潤んだ場所に入りこむと、一瞬、完全に動きを止めた。

「ぼくがどれほどの快感を覚えているか、わかるか?」レンツォは再び動きながら尋ねた。

ダーシーは息をのんだ。「わかる……ような気がする」

「ああ、ダーシー。きみだけだよ……ぼくをこんな気分にさせるのは」レンツォはうめいて目を閉じた。「きみだけだ」

レンツォは途切れ途切れに悪態や祈りの言葉をつぶやいたが、ダーシーはその意味をいちいち読み取ろうとはしなかった。彼の言いたいことを正確に理解していたからだ。ダーシーは彼が避妊具を使う必要がなかった最初の、そして唯一の女性だった。バージンだったことがダーシーを彼の中で特別な存在にした。彼自身がそう言ったのだ。きみは本当に純粋な女性だ、と。レンツォは二十四歳まで純潔を守った女性を見つけたことに感激したように見えた。そして、子供を欲しいと思ったことはあるかと尋ねたときの彼女の熱を帯びた返事にも、おおいに満足したようだった。

〝一度もないわ!〟

その言葉は本心から出たものだとレンツォ

は確信したに違いない。自分も同じだと打ち明けたからだ。その後まもなく、彼はピルをのんだらどうかと何気なく提案し、ダーシーは喜んで賛成した。初めて避妊具を使わずに愛し合ったときの感触は忘れられない。それは……えも言われぬすばらしさだった。危険なほど彼に近づいた気がし、ダーシーはあとで自分を厳しく戒める必要があった。わたしが経験している強烈な感情は単に肉体から来るものだ、と。セックスは避妊具なしのほうがすてきに決まっているが、その戒めにはなんの効果もなかった。

しかし今、トスカーナの薄暗い寝室でレンツォに深く満たされ、キスをするのは天にも昇る心地で、ダーシーは泣きたくなった。わたしの低いうめき声に似たため息が彼のリズムを乱したの？　だからレンツォは巧みに体勢を入れ替え、わたしを自分の上にのせて、黒い目でわたしを見上げているの？

「動いてくれ、いとしい人《カーラ》」レンツォはつぶやいた。「きみが再びのぼりつめるまで動くんだ」

ダーシーはうなずき、彼の引き締まった腰を腿で締めつけた。その体勢が好きだった。レンツォを見下ろし、意のままに操ると、珍しく自分が力を持っていると感じるからだ。

ダーシーが激しく動き始めるや、彼は目を半ば閉じた。口も半開きになる。

彼のうめき声を聞くと、ダーシーは頭を下げてその声をキスで封じた。この古い屋敷の壁はかなり厚く、情事にまつわるもろもろの音を吸収するはずだと確信してはいたが。

レンツォの指が彼女の豊かな髪に絡まった。もはやあと戻りできない強烈な喜びが彼女の中で渦を巻く。ダーシーはひと足早くクライマックスを迎え、あえぎ声をあげた。続いてレンツォがイタリア語で何か切迫した言葉をつぶやいた直後、ダーシーの下で彼の体が跳ねた。彼女はレンツォの首に顔をうずめ、彼の肌に熱い息を吹きかけた。

ダーシーは人心地つくと、彼から体を引きはがしてマットレスに仰向けになった。頭上の黒っぽい梁と、彫刻を施したガラスのランプシェードを見つめる。屋敷と同じくらい古そうなランプシェードだ。窓辺には香り高い薔薇を生けた小さな花瓶が置かれていた。外の塀を這っていたあの薔薇だ。薄暗い部屋の光がすべて淡いピンクの花びらに集中しているように見えた。

「とても」ようやく呼吸が落ち着き、ダーシーは言った。「すばらしい歓迎式典だった」

レンツォは故意に目を閉じていた。話したくなかったからだ――少なくとも今は。セックスがすばらしかったことは言われなくてもわかる。それよりも今、彼の頭の中では理性の声がやかましく駆けめぐっていた。

レンツォは車が屋敷に近づくにつれ、複雑な感情がこみあげるのを感じた。もうすぐここが別の所有者の手に渡る。母方の家族が何世代にも渡って所有し、彼の傷心の多くを分かち合ってきたこの屋敷が。ほかの人間なら何年も前に手放したかもしれないが、レンツォは悪い記憶をいい記憶に変えようと心に決め、意地でも売却しなかった。そしてその大半は成功した。だが、人は過去に生きることはできない。今こそこの場所を解放し、昨日までしがみついていた最後の一片に別れを告げるときだ。

　レンツォは横を向き、目を閉じて仰向けになっているダーシーを見た。鮮やかな赤毛が白い枕に広がっている。ロンドンに帰ったら、彼女はノーフォークに行くのだろうか？　レンツォは彼女がいなくなったあと、ほかの誰かとベッドをともにするところを想像しようとした。だが、乱れたシーツの中にほっそりした黒髪の女性が寝ている姿を思い浮かべてもまったく興奮しなかった。

　レンツォは本能的にダーシーの腿に手を這わせた。「きみにとっても最高の歓迎式典だったか？」ようやく尋ねる。

「わかっているくせに」ダーシーの声は眠たげだった。「でも、もう起きてドレスを拾ったほうがいいわね。新品だから大事にしなくちゃ」

「心配するな」レンツォはほほ笑んだ。「ジゼラに洗濯とアイロンがけを頼む」

「その必要はないわ」ダーシーはぱっと目を開けた。声が急に鋭くなる。「自分で洗うから。シンクで簡単にすすぎもできるし、このまぶしい日差しの下に吊《つ》るしておけばすぐ乾くわ」

「ぼくがやめろと言ったら？」

「おあいにくさま」

「なぜそこまで頑固なんだ、ダーシー？」

「わたしの頑固さが好きなんじゃないの？」

「適切なときは好きだ」

「つまり、あなたに都合のいいときね？」

「そのとおり《エザッタメンテ》」


ダーシーは天井を見上げた。家政婦に見つめられたときのわたしの気持ちをどう説明できるだろう？　ジゼラはわたしの素性を正確に見抜いていた。自分と同じ身分の人間――食事を給仕し、裕福な人たちが散らかしたあとを片づけてまわる人間だ、と。まさしくそれがわたしだ。服の洗濯を頼むことで、急にお高くとまった態度をとっていると思われたくない。自分以外の誰かになるつもりはなかった。イギリスに帰って〝億万長者の恋人〟が遠い記憶になったとき、自分の慎《つつ》ましい世界に戻れないような誰かには。

とはいえ、その思いをレンツォにぶつけるべきではないだろう。彼はレンツォなのだから。以前は一度も彼の高圧的な態度に不服を唱えたことはなかった。正直に言うなら、むしろいつもそれに興奮させられた。ある意味、彼の尊大さは二人のあいだに天然のバリアを提供してくれた。それがあったからこそ彼に夢中にならず、夢を見ることもなく現実的になれたのだ。

ダーシーは彼の上にかがみこみ、そっと唇を触れ合わせた。「あなたが考えた今後のプランを聞かせて」

レンツォは彼女の腿のあいだに指を滑りこませた。「なんのプランだ？　きみの体が目の前にあると、ぼくの脳は完全にショートしてしまう」

さらに奥に進もうとする彼の手を止めながら、ダーシーは一瞬一瞬を楽しんだ。「バロンブローザのことをもっと教えて。オリーブやワインの話はさっき初めて聞いたわ。子供のころ、ここで暮らしていたの？」

警戒心からかレンツォの表情がよそよそしくなった。「なぜ急に興味を持ったんだ？」

「ここを購入する男性と一緒にディナーをとると聞いたからよ。この場所とあなたのつながりをわたしが何も知らなかったら、変だと思われるもの。あなたはここで育ったの？」

「いや、ぼくはローマで育った。バロンブローザは休暇を過ごす場所だったんだ」

「それで？」ダーシーは先を促した。

「ここは母の家族が代々所有してきた屋敷で、避暑に利用していた。母とぼくは休暇をここで過ごしたが、父は週末だけやってきた」

ダーシーはうなずいた。自分と同じく彼もひとりっ子で、両親が亡くなっていることは知っていたからだ。それが彼について知っていることのすべてと言ってよかった。

ダーシーは彼の引き締まった腹部に指で円を描いた。「あなたはここでどんなことをして過ごしたの？」

レンツォは彼女の手を欲望のあかしへと導いた。「父が狩りや釣りを教えてくれた。母はよく客をもてなしていた。母の学友のマリエッツラに至っては、ここに居座っているように見えた。ぼくたちは幸せだった。少なくとも、ぼくはそう感じていた」

レンツォの声が暗く冷ややかになり、ダーシーははっとした。「でも、幸せじゃなかったのね？」

「ああ、そうだ」レンツォは首を巡らせて彼女を見た。顔をしかめて続ける。「幸せな人間は数えるほどしかいない。きみもわかっているんじゃないのか？」

「ええ、そうね」ダーシーは硬い声で同意した。けれど……。

けれど、なんなの？ わたしが味わった苦しみをほかの人は知らないと思っていたの？

レンツォのように成功して社会的地位を築い

た人は悲しみや苦しみを知らないと？　それを知っているからこそ、彼はときどきよそよそしくなり、心を閉ざすんじゃない？

「何かあったの？」

「まあ、そういうことだ。両親が離婚した。ぼくが七歳のときに」

「そんなに……つらかったの？」

レンツォの顔に判読できない表情が浮かんだ。「子供にとって、つらくない離婚などないんじゃないか？」

ダーシーは肩をすくめた。「そうね」

「母のいちばんの親友が何年も父と関係を持っていたとわかった場合はなおさら」レンツォはいっそう苦々しげに言った。「女性は信用できないと気づくのに充分な出来事だ」

彼女は唇を噛んだ。「何が起きたの？」

「離婚したあと、父は愛人と再婚し、母は生涯立ち直れなかった。最愛の人間二人に裏切られて。母の唯一の武器はぼくだった」

「武器？」ダーシーは聞きとがめた。

レンツォがうなずく。「母は自分の要求をのまなければぼくに会わせないと言って父を脅した。母は鬱状態だった」彼は口を引き結んだ。「母親が鬱状態のとき、子供にできることはほとんどない。文字どおり無力だ。ぼくはいつも部屋の隅に座り、母がむせび泣いて世界じゅうに怒りをぶつけるあいだ、小さなプラスチックの煉瓦《れんが》で黙々とミニチュアの家を作った。最初の夏が終わるころには、ひとつの町ができあがった」

ダーシーは不意に理解した。彼の自制心はその無力感から生まれたのだ。そして、小さなプラスチックの町が彼の輝かしい建築の仕事の原点なの？「ああ、レンツォ……胸が痛むわ」

片方の胸の上で指を丸め、レンツォは静かに言った。「きみは純粋な女性だ」

ダーシーはやましさを感じた。レンツォはわたしを品行方正ないい子だと思っている。彼は女性を聖母か売春婦、二つのタイプに分けたがる男性だから。バージンだったことでわたしは聖母の地位を保証されたけれど、事実はそれほど単純ではない。わたしが純潔を守り続けた理由を知ったら、彼は衝撃を受けるだろう。妻の親友を相手に選ぶかどうかはともかく、浮気をする既婚男性は珍しくない。でも、もしわたしの人生を知ったら、彼は自分の人生を子供のころに読んだおとぎ話のようなものだと思うはずだ。

レンツォはわたしの過去を尋ねたことがない。関心がないのだろう。それに感謝するべきかもしれない。二人の関係の最終段階に暗い秘密を持ち出し、ともに過ごす最後の数日を台なしにする必要はない。「それで、なぜここを売ろうと決めたの？」

つかの間の沈黙があった。

「去年、義理の母が死んだ」レンツォは淡々と答えた。「彼女はずっとこの屋敷を欲しがっていて、ぼくはここを彼女に渡したくなかった。ところが彼女は死に、この家を保持したいというぼくの意思も彼女とともに死んだ。この家は独身男には広すぎる。ここは家族が住むのにふさわしい」

「あなたは家族が欲しくないの？」

「それについてはもう話したはずだ」レンツォの声が冷ややかになった。「生涯結婚を避けたくなるほど嘘《うそ》や欺瞞《ぎまん》を見てきた。そういうことだ。わかったか？」

ダーシーはうなずいた。ええ、充分にわかった。レンツォの言葉には警告が込められていた。近づきすぎるなという警告が。初めて恋人役で彼とともにここに来たからといって、本質的には何も変わっていない。「そろそろランチに行く準備をしたほうがいいんじゃない？」彼の手が胸から腿のあいだに移動し、ダーシーの声が少しかすれた。「ドナートが……一時間後に用意ができると言っていなかった？」

ダーシーの肌の感触がレンツォの頭からいっさいの思考を追い払った。彼の中にたったひとつの欲望しか残らなくなるまで。それは最高の、願ってもない欲望だ。喜び以外のすべてを消し去ってくれるから。レンツォは普段誰にも話さないことを彼女に話した。いつもは何も尋ねないダーシーからの質問だったからか？　だが、彼女は知る必要がある。二人のあいだにもう秘密はないことを。そして彼女がここにいる唯一の理由を。ダーシーはその暗黙のメッセージを確かに受け取ったようだ。期待に輝く目がそれをはっきりと告げている。なぜか彼の扱い方をどの女性より心得ているかわいいウエイトレスを見つめたとき、レンツォの欲望のあかしは痛いほど張りつめた。

「ぼくは自分の予定のためにドナートを雇っているんだ。彼の予定のためではない」レンツォは尊大に言い放ち、ダーシーの胸の先端に唇を押しつけた。

「ああ、レンツォ……」ダーシーは目を閉じ、枕に寄りかかった。

「なんだ？」彼は素知らぬ顔でからかった。

「わたしに懇願させないで」

レンツォは彼女の膝に指を滑らせた。「だが、ぼくは聞きたい」

ダーシーは彼の指に向かって腰を突きあげた。「お願い……」

「それでいい」レンツォは勝利の笑い声をあげ、ダーシーを引き寄せた。「ランチはあとまわしにできるが」荒々しく言い、彼女の腿を開いてそのあいだに入りこむ。「これはあとまわしにできない」

4

「これ？」ダーシーはきらきら光る黒いタイトなドレスを取りあげ、それからすぐにターコイズブルーのふわりとしたドレスをその前に置いた。「それとも、こっち？」

「黒いほう」レンツォはシャツのボタンをかける手を止め、ちらりと彼女を見て言った。

ダーシーの肌はすっかり日焼けして優美な金色に輝いている。彼女は黒いドレスの中に体を入れながら、鏡に映った自分に注がれるレンツォの視線を意識した。肉を見る飢えた犬のような目だが、いっこうに気にならない。わたしに時間を止める能力があり、この週末が終わるのを防げたらいいのに。ダーシーはそう願っている自分に気づいた。それほどまでに、この数日は彼女にとって人生最良のときだった。

二人は広大な敷地を探検し、丘を登った。頂上から見る緑豊かな山脈やテラコッタ色の小さな村々は壮観だった。つまり、ハイキングシューズは役に立ったのだ！　レンツォの案内でパニカーレという美しい村に行き、教会の鐘が響き渡る石畳の広場でコーヒーを飲んだりもした。五月の気温は泳ぐには寒いとレンツォに言われたが、ダーシーは聞く耳を持たなかった。プライベートプールで泳いだ経験は一度もなかったからだ。ましてや、とてつもなく広く、魅惑的なプールでは。

小さなビキニで人前に出るのは少し恥ずかしかったが、レンツォの反応を見てすぐに不安は消えた。彼が心変わりして一緒に泳ぎ始めたときは驚いた。レンツォの黒い水着姿や、髪から水を振るい落としたときのブロンズ色の肌の輝きは、彼女の胸をときめかせた。ダーシーは、なめらかな水をかき分けて進む彼のたくましい体を何時間でも見ていられたが、レンツォはダーシーの耳元にあけすけな提案をささやいて彼女の泳ぎを終了させた。そして、寝室に戻った二人はいつも以上にすばらしい時間を過ごした。

新鮮な空気とまぶしい太陽によってわたしの五感が高められたから？　それとも、普段の喧騒《けんそう》に満ちた生活とは別世界のようなこの楽園では、レンツォがいつになく親しみやすく見えるから？

どういう理由であろうとわたしが気にする必要はない、とダーシーは自分に言い聞かせた。これは一時的な関係なのだから。ノーフォークに引っ越す前の最後の旅。彼がわたしに同行を持ちかけた理由はおそらくそれだけだろう。そして今夜が二人の最後のディナーだ。サバティーニ家の敷地を購入するレンツォの弁護士も同席する。

　鏡の中で二人の目が合った。

「ファスナーを上げてくれる?」

「いいとも《チエルト》」

「それからもう一度確認させて」ドレスのファスナーを上げる彼の指が素肌に触れるのを感じながら、ダーシーは言った。「その弁護士の名はクリスティアーノ・ブランツィ。恋人の名はニコレッタ……」

「ラメッリ」レンツォは少しためらい、かすかに眉をひそめた。「教えておいたほうがいいと思うから言うが、ぼくと彼女は数年前に関係があった」

　イヤリングを耳にぶらさげるダーシーの手が止まった。「関係?」

「おいおい、そんなに驚いた顔はやめてくれ、いとしい人《カーラ》。ぼくは三十五歳だし、ほかのすべての都市と同じく、ローマの社交界はきみが想像するより狭い。彼女とぼくは数カ月つき合っていた。それだけだ」

　それだけだ。ダーシーの熟練した笑みが揺らぐことはなかった。しょせん、彼女はわたしと同じだわ。数カ月間のすばらしいセックス、そして別れ。それが彼のいつものパターンなのだ。ニコレッタも情事が終わる前に海外旅行という褒美を与えられたの? レンツォのあとから一階に下りたとき、ダーシーは最後の夜を汚すまいと決め、給仕のステファニアからシャンパンを受け取った。客たちを出迎えるために立ちあがったときも、どうか持ち前以上の自信を発揮できますようにと祈った。

クリスティアーノは筋骨隆々の体と青く鋭い目の持ち主で、恋人のニコレッタも最高に美しい女性だった。いかにもイタリア人女性らしいつややかな黒髪を上品なシニヨンにしている。着ている黒いドレスは明らかにオーダーメイドだ。本物のダイヤモンドが耳を飾り、細い手首にゆったりと巻かれた腕時計にはそれより少し小さなダイヤモンドが輝いている。ニコレッタがなめらかな頬を左右順番にレンツォに差し出してキスを受けるあいだ、ダーシーはなぜターコイズブルーのドレスを着なかったのかと後悔していた。当然ニコレッタも黒いドレスを着るはずだとどうして気づかなかったの？　二人の差が歴然とすることに？　わたしのきらきら光るドレスはなんて安っぽく見えるのだろう。そして無造作に肩まで垂れた赤毛は実に野性的で、その下にある胸は最近の流行に照らし合わせても大きく見えた。

「それで……」ろうそくの明かりと薔薇《ばら》の花に彩られたテーブルに着席し、生ハムとメロンの前菜を食べながらニコレッタはほほ笑んだ。「今回があなたの初めてのイタリア旅行なの、ダーシー？」

「ええ」ダーシーも笑顔で答えた。

「でも、最後ではないわよね？」

ダーシーはレンツォの表情をうかがった。

わたしたちは別れの途上にいるのだとここでいきなり宣言したら、場の雰囲気を壊してしまうかしら？

「ダーシーはあまり旅行をしたことがないんだ」すかさずレンツォが割って入った。

「あら、そうなの？」

何かがダーシーに次の言葉を言わせた。単に強がっただけなのか、あるいは愚かさゆえなのか。でも、わたしは断じて本当の自分を恥じてはいない。恥じ入ってなんになるだろう？ トスカーナの広大な敷地や、小型車と同価格の腕時計を所有する人たちにはとうてい太刀打ちできないのだから。

「実を言うと、旅行するだけのお金がなかったの」ダーシーはニコレッタに悲しげな笑みを見せた。「わたしはウエイトレスなの」

「ウエイトレス？」ニコレッタの銀のフォークが音をたて、そこに刺さったひと口大の料理とともに皿に戻された。「ずいぶんユニークな職業ね」明らかに困惑と思える間があった。「じゃあ、あなたとレンツォはどうやって知り合ったの？」

ニコレッタの顔にはかすかな驚きがあった。わたしは何を期待していたの？ ダーシーはそう思い、遅ればせながらレンツォを巻き添えにしてしまったことに気づいた。たぶん彼は書店でわたしと偶然出会ったか、友だちのパーティで紹介されたとかいう作り話を考えていたに違いない。でも、彼は嘘《うそ》が好きではないとはっきり言っていた。

「ぼくたちはダーシーが働いていたロンドンのナイトクラブで出会った」レンツォが言った。「ぼくは数人の仲間とその店に行き、隣のテーブルの人たちにカクテルを給仕していたダーシーに目を留めた。彼女が振り返ってぼくを見た。ただそれだけで、ぼくは何も考えられなくなった」

「無理もない」クリスティアーノがつぶやいた。「きみのようなまぶしい髪は見たことがないよ、ダーシー。目が離せなくなるとはまさにこのことじゃないか？」

思いがけない賛辞だった。ダーシーはレンツォの目に嘲りや怒りの色を探したが、何も見つからなかった。それどころか、レンツォは彼女に向けられた賛辞を楽しんでいるように見えた。

ダーシーは咳払《せきばら》いをしてから、明るく言った。「わたしの話はもう充分。それよりトスカーナの話をしましょうよ」

「あなたはここが気に入ったの？」ニコレッタが尋ねた。「バロンブローザが？」

「気に入らない人がいるかしら？ これほど美しい場所は世界のどこにもないわ。庭は天国のようだし、景色はいくら見ても見飽きない」ダーシーはパンに手を伸ばしてほほ笑んだ。「わたしにお金があったら、真っ先に飛びついたでしょうね。あなたは本当に幸運な男性だわ、クリスティアーノ」

「ぼくもそう思うよ」クリスティアーノは青い目の縁に皺《しわ》を寄せてほほ笑んだ。「レンツォがついにここを売りに出したときは、みんなびっくりした。ずっと前からいろいろな人たちに大金を積まれても手放さなかったんだからね。なぜ急に気が変わったのか、理由を白状する気はないようだが」

ダーシーはその理由を知っていた。両親の離婚の話をするレンツォの日には苦しみがあった。義母の死が彼につらい過去との決別を決心させたのだ。レンツォはあまり多くを語らなかったが、そこまで話してくれたことだけでも驚きだった。少しのあいだダーシーは特別な気分になり、〝利害が一致する友人〟以上になった気がした。むろん、それもまた幻想だった。じきに別れる相手だから秘密を話しやすかっただけに違いない。けれど、それはあくまで一般論で、例外もある。わたしの秘密はあまりに陰惨で誰にも話せない。

貯蔵室から出された上質のワインとともに、ズッキーニの花の詰め物、軟殻蟹《ソフトシエルクラブ》のパスタ、サクランボとクリームのデザートなど、おいしい料理が次から次へと供された。ダーシーはニコレッタの巧みな質問攻撃を受け、そのうちのいくつかに対しては慎重に返答を避けたが、幸いニコレッタは自分のことを話すほうがはるかに好きなようだった。ローマの最高級住宅街パリオリで育ち、スイスで学生生活を送り、四カ国語を流暢《りゅうちょう》に話すようになったことを、ニコレッタは熱心に語った。ローマで四件のブティックを所有していることも。ただし、彼女自身は働いていない。

「ぜひ訪ねてきてちょうだい、ダーシー。レンツォにすてきな服を買ってもらって」

ダーシーは自分の服の安っぽさを暗に指摘されているのかと思ったが、たとえそうであっても気にならなかった。二人に残された時間が刻一刻と減っていく今、考えられるのはレンツォと再び二人きりになることだけだった。彼が客人を見送るあいだ、ダーシーは部屋に戻り、裸になってベッドに入った。その直後、レンツォも戻ってきた。

「ディナー中のきみは上出来だった」彼はズボンのベルトを外しながら言った。

「上出来？　どんなふうに？」

「世間的には低く見られている仕事を語るときの、ウエイトレスとは思えない少し挑戦的な顔。実に魅惑的だった」レンツォはボクサーショーツを脱いだ。「そんなふうにぼくをにらむな、ダーシー。しかしきみがここを心から褒めてくれたおかげで、クリスティアーノは上機嫌だった。昔から美人にはめっぽう弱い男ではあるが。ジゼラとパスカーレ、それにステファニアを雇い続けてくれる気になったようだ。ローマに出発する直前に約束してくれた」

「つまり、終わりよければすべてよし、ということね?」ダーシーは晴れやかに言った。

「これが終わりだと誰が言った?」レンツォはそうつぶやいてベッドに入り、ダーシーを抱き寄せた。張りつめた欲望のあかしを彼女に押しつける。「ぼくは今夜が始まりにすぎないと思った」

二人はほとんど一睡もしなかった。レンツォは自分が最高の恋人であった記憶を植えつけてからダーシーを去らせると決めているかのように、何度も何度も彼女をクライマックスへと導いた。夜明けが暗い部屋を淡い黄色に染めるころ、ダーシーは腿のあいだに黒い頭を見ながら、彼の巧みな舌の動きになすすべもなく身を震わせた。

翌朝、ダーシーが時間をかけて荷造りをしてダイニングルームに行くと、新聞を読んでいたレンツォが顔を上げた。

「わたしはすぐに空港へ発《た》たなければならないの」ダーシーは言った。

「その必要はない。ぼくの自家用機で一緒に帰る」レンツォは彼女のためにコーヒーをついだ。

ダーシーは座って角砂糖に手を伸ばし、自分に言い聞かせた。すると決めたことをしなさい。いつでも自家用機を提供してくれる億万長者はあなたの未来に含まれないことを思い出すのよ。

「せっかくだけれど、帰りのチケットを持っているの。わたしは喜んで安い飛行機に乗るわ」

レンツォは苦笑と寛容が入り混じった顔で彼女を見たが、譲歩はしなかった。「格安航空会社できみを帰すつもりはない。一緒にぼくの飛行機に乗るんだ」

もしダーシーが運転手つきの車に乗ることを贅沢《ぜいたく》の極みだと思っていたとしたら、レンツォの自家用機での旅は贅沢という言葉を異次元の世界に押しあげた。フィレンツェ空港の出入国審査場を通った直後、二人の女性乗務員がダーシーを見てはっきりと驚いた顔をした。安い宝石を身につけ、大きな胸をしたわたしがレンツォのいつもの恋人のタイプとはかけ離れていたから？

だが、ダーシーはそれも気にならなかった。これは恋人と過ごす最後の数時間なのだ。レンツォが乗務員たちを追い払うと、すぐにダーシーは彼のジーンズのファスナーを下ろした。雄々しい高まりに唇を押し当て、彼のうめき声を聞きながら、こうするのもこれが最後なのだと思う。そのあと二人は時間をかけてたっぷりと愛し合い、ダーシーは二度と正気に戻れないのではないかと思った。

フライトの時間はまたたく間に過ぎ、二人は迎えの車が待機するイギリスに到着した。運転手がドアを開けた際、ダーシーはためらいつつ言った。

「途中の地下鉄駅で降ろしてもらえる?」

レンツォは顔をしかめ、怒りに口をゆがめた。「ダーシー、何を言っているんだ? きみの自宅以外の場所では降ろさない」

「いいえ、その必要はないわ」

「確かに必要はないだろうが」レンツォは少し考え、笑みを浮かべた。「もしよければ、コーヒーをごちそうしてもらおうかな」

「コーヒー?」

「ほら、また驚いた顔をした」レンツォはかぶりを振った。「一緒に週末を過ごし、男が女性を自宅に送り届ける場合、それはごく普通のことじゃないか? ぼくはきみが住む家を一度も見たことがない」

「ええ、そうね。でも、あなたはわたしの生活に関心を示さなかった。いつもはっきりそう言っていたでしょう」

「今は関心がある」レンツォは頑固に言い張った。

今さら遅いわ、とダーシーは思った。なぜ最初に関心を持ってくれなかったの? それが何か意味を持つかもしれないときに。拒まれそうになって初めて興味が湧いたというわけ？ 欲しいものをすべて手に入れてきた男性らしい行動パターンだ。

「狭苦しい小さなアパートメントよ。わたしが借りられる精いっぱいの部屋。だからノーフォークに引っ越すの」ダーシーは必死に抵抗した。「あなたの家とは雲泥の差よ。ぞっとするに違いないわ」

「なぜぼくに判断させない？ もしかしてきみは自分の家を恥じているのか」

ダーシーは怒りの目でレンツォをにらみつけた。「恥じてなんかいないわ」

「それなら」レンツォは肩をすくめた。「何が問題なんだ？」

だが、玄関の鍵を開けるダーシーの指は震えた。自分の小さな聖域に誰かを入れたことは一度もなかった。人生の大半を集団生活で送ってきた者にとって、プライバシーを確保するために悪戦苦闘してきた者にとって、完全に自分だけの居場所はとりわけ貴重だ。

「さあ、入って」ダーシーは無愛想に言った。

室内に足を踏み入れたレンツォが最初に気づいたのは、居間と食堂とキッチンが同じ場所に詰めこまれていることだった。彼は眉間に皺を寄せた。あの隅にある細長いものはベッドだろうか？

レンツォが次に気づいたのは、掃除が行き

届き、信じられないほど片づいていることだった。彼は最小主義《ミニマリズム》を標榜《ひょうぼう》する建築家として、すっきりした室内を心ひそかに称賛した。家族写真も装飾品もない。かろうじて装飾品と言えるのは窓枠に置かれた金属製の鉢に入ったサボテンと、日差しを反射して暗い部屋を少し明るくしているアールデコ調の鏡だけだ。ほかには、大量の本。棚という棚に整然とアルファベット順に並んでいる。

レンツォはダーシーを見た。トスカーナでは日焼けしないよう気をつけていたが、それでも色白の肌は淡い金色になり、バロンブローザに着いたときよりはるかに健康そうに見える。自分で洗濯すると言い張った花柄の黄色いドレスを着た彼女はあまりに美しく、レンツォの心臓が跳ねた。彼は不意に悟った。今ぼくは彼女を手放す準備ができていない。今はまだ。昨夜、腕の中にいた彼女の姿が脳裏によみがえる。月を見るために二人でバロンブローザのテラスにコーヒーを運んだことも。あのとき、ぼくは思いがけない安らぎを覚えた。なぜ自然消滅する前に終わらせる必要があるんだ？　しかもダーシーとの関係はまだぼくに大きな喜びを与える可能性があるというのに。

レンツォは狭いけれどこぎれいなキッチンに視線を走らせた。「それで……コーヒーをいれてくれないのか？」

「インスタントしかないと思う」

レンツォは懸命に身震いをこらえた。「だったら水をもらおう」

ダーシーは水道水をグラスにつぎ、氷を入れた。その様子を見ていたレンツォは、最後に水道水を飲んだのはいつだろうかと考えた。テーブルに置かれたその水には口をつけず、彼女をまっすぐに見据えた。

「いい週末だったな」レンツォはおもむろに言った。

「同感よ。本当にいい週末だった」ダーシーはちらりと彼を見た。「ありがとう」

一瞬の沈黙のあと、彼は言った。「ノーフォークに引っ越すのは……少し性急すぎないいか？　もう少しロンドンにいたらどうだ？」

「引っ越す理由は話したじ、今あなたも自分の目でその理由を見ている。わたしは別の生活を始めたいの」

「それは理解できる。だが、もしぼくがきみに貸せるアパートメントを持っていると言ったら？　ここよりはるかに広く快適な部屋を。どうかな？」

「いきなりなんなの？　待って。当ててみるわ」ダーシーのエメラルド色の目が彼を射抜く。「もし今あなたがそういう部屋を持っていなくても、わたしのために魔法のように見つけるんでしょう？　あなたの膨大な不動産リストの中から検索するか、スタッフのひとりにどこかを借りさせるのね？　ありがとう。でもけっこう。興味ないわ。わたしは絵に描いたようなお金持ちの愛人になんかなりたくない。たとえ今のわたしがそこに片足を突っこんでいるとしても」

レンツォは彼女の頑固さに激怒する傍ら、またも称賛の念を禁じえなかった。これほど生活水準の低い女性がなぜこれほど誇り高くふるまい、同じ立場のほかの女性なら飛びつくような申し出を断るんだ？　レンツォは氷入りのグラスをつかんでひと口飲み、窓辺に行って赤煉瓦《あかれんが》の壁を見つめた。毎朝起きてこの景色を眺めるというのは、どんな気分だろう？　冴《さ》えない制服に着替えて日がな一日食べ物や飲み物を運ぶ前に。

レンツォは振り返った。「ノーフォーク行きを遅らせてほしいとぼくが頼んだら？」

ダーシーは眉を上げた。「なぜあなたがそんなことを頼むの？」

「本気できいているのか？　最初のころはともかく、きみはもう、うぶな女性じゃないだろう？　ぼくはきみに多くのことを教えてきたはず――」

「もし賛辞が欲しいのなら、その手の賞に推薦してあげてもいいわよ」

ほかの誰からも浴びせられたことがない生意気な言葉に興奮し、レンツォは低い笑い声をあげた。彼が一歩近づくと、ダーシーの顔には警戒の色が浮かんだものの、目は欲望に陰り、体はこわばっていた。まるで欲しいものに屈するまいと自制心を総動員しているかのようだ。レンツォはこの関係がまだ終わっていないと確信できるほど、男女の機微に通じていた。

「ぼくが欲しいものは賛辞ではない。きみだ。きみを去らせる気はない」レンツォは手を伸ばし、跳ねた巻き毛を撫《な》でつけた。彼女を腕に引き寄せ、自分の熱い欲望のうねりを意識する。「クリスティアーノやニコレッタと同席したときのきみの態度が気に入ったと言ったら？　ベッドの外でもきみと一緒にいることが楽しいと気づいたと言ったら？　そしてもう少しきみを外に連れ出したいと言ったら、どうする？　なぜぼくたちは劇場やパーティに行ってはいけないんだ？　きみを家の中に隠したぼくは少し身勝手だった。今はきみを世界に見せびらかしたいんだ」

「まるでわたしが秘密の試験に合格したような言い方ね！」ダーシーは憤慨して言った。

「そうかもしれない」レンツォの答えは簡単明瞭だった。

ダーシーは迷った。レンツォの申し出は危険だ。わたしを世界に見せびらかしたいですって？　もし誰かがわたしを覚えていたらどうするの？　本当のわたしを知っている誰かが。にもかかわらず、レンツォの言葉は彼女の思いと一致していた。否定しようとして否定できなかった思い――自分も彼と別れる心の準備ができていないという思いと。

「もしぼくのアパートメントの鍵をきみに渡すと言ったら？」

レンツォの声が彼女の思考を遮った。

「鍵？」ダーシーは鸚鵡返《おうむがえ》しに尋ねた。

「そうだ。きみも知ってのとおり、ぼくは毎日鍵を配って歩いているわけではない。ぼくの家に近づける者はほとんどいない。ぼくがプライバシーを重んじているからだ」

「なのに、どうしてわたしに？　わたしがその大きな栄誉を与えられるのはなぜ？」

「きみはぼくに何も求めなかったからだ」レンツォは穏やかに答えた。「そんな人間は初めてだ」

これもまた、力を有する男性の行動パターンよ。ダーシーは自分にそう言い聞かせようとした。力のある男性はなじみのないものに好奇心をかきたてられる。

しかし、別の思いがそれをうわまわった。たとえ一時的でも鍵を渡すということは、彼がわたしを信頼しているあかしではないかしら？　そして信頼というのは、世界で最も危険をはらんでいると同時に最も貴重なものなのでは？　レンツォが女性を信頼していないことを考えるとなおさら。

おおいに心を動かされ、ダーシーは唇をな

めた。でも、いったいわたしは何をためらっているの？　わたしは北部の生活から逃げ、暗い世界を置き去りにし、独力で新しい自分を築きあげてきた。あまり学校に通えず、学力は不足していたが、夜間授業を受けて補った。明るい性格のおかげで、その気になればいつでもウエイトレスの仕事を見つけることができた。どこを目指しているのかわからなくても、自分が選べる最善の道を歩いてきたという確信はある。これだけの歳月を経たあとで、誰がわたしを覚えているというのだろう？　十六歳でマンチェスターからロンドンにやってきたのは遠い昔のことだ。チャンスがあるのなら、わたしにも少しは人生を楽しむ資格があるんじゃないかしら？

ダーシーはレンツォの視線を感じた。自分の逡巡《しゅんじゅん》が彼を興奮させていることに気づいたが、駆け引きをするつもりはなかった。ためらいは本物だ。一時は本気で彼を諦めようとしたが、思っていたほど簡単ではなかった。レンツォ・サバティーニには中毒性があるのかもしれない。ダーシーの全身に警鐘が鳴り響いた。飲食物だろうと麻薬だろうと、あるいは男性だろうと、なんであれ、中毒が危険なことを、ダーシーは身をもって知っていた。彼女の半生が最も悲惨なやり方でそれを教えてくれた。

だがレンツォに抱き寄せられ、ダーシーは

彼のたくましい体から固い決意を感じ取った。レンツォの腕に包まれながら、この力強い抱擁に溺れてしまいたいと願ってしまう。つかの間の心地よさと安心感を手放したくない。

「イエスと言ってくれ、ダーシー」レンツォは穏やかな口調で急《せ》き立《た》てた。温かい息が彼女の唇にかかる。「ぼくの家の鍵を受け取り、もうしばらく、ぼくの恋人でいてくれ」

レンツォに胸をつかまれて脚が震え、もうこれ以上は抵抗できないとダーシーは悟った。

「わかった」レンツォの愛撫《あいぶ》が強くなり、ダーシーは目を閉じた。「もう少しこのままでいるわ」

5

グランチェスター・ホテルの前でリムジンが止まったとき、レンツォは今夜ほど彼女が美しく見えたことはないと思った。今回ばかりは彼女も億万長者の恋人に見える。彼はダーシーの腿を撫《な》でながら、エメラルド色にきらめくドレスを飢えた目で眺めまわした。

レンツォはかすかにかぶりを振った。最初は渋っていたものの、結局は愛人の特典を与えられたことに彼女は気づいているのだろうか？　ウエイトレスの仕事を辞めればもっと時間ができるし、好きなだけ彼の財力にあずかれると説得したのだが、ダーシーは頑として従わず、ナイトクラブではもう働いていないのだから感謝するべきよと言い張った。はち切れそうな黒いサテンのドレスを着た彼女をなめるように見る男たちの姿を想像し、レンツォはうなり声をあげた。

だが、今夜は小さな勝利だ。少なからず説得は必要だったが、今回に限ってダーシーは彼の提案を受け入れ、オーダーメイドのドレスを着てくれた。今夜はレンツォ自身が主宰する慈善財団への支援を求め、盛大な舞踏会が催されるのだ。

不意にレンツォは口元をゆがめた。かつてはダーシーの頑固な独立心に興奮させられたものだが、最近はいらだつときもある。プレゼントを拒むのもさることながら、大幅に時間を取られるというのに、なぜウエイトレスを辞めないんだ？

「舞踏会にやってきたお姫さまは笑顔になるものだ」レンツォは眉根を寄せて忠告した。

彼の指の下で、スパンコールに覆われた腿がこわばる。「今から処刑台に上がるような顔ではなく」

「わたしはお姫さまじゃないもの。自分の三カ月分のお給料と同じ値段のドレスを着たウエイトレスにすぎない」ダーシーは豊かな赤毛の上で乳白色の虹のように輝く真珠の髪留めに触れた。「まるでシンデレラになった気分だわ」

「だが、きみのドレスは十二時が過ぎても古着にはならない。真夜中になったら、きみはかぼちゃの馬車に乗って帰宅するよりもはるかに楽しいことをしているだろう。だから心配そうな顔をするのはやめ、美しい笑顔を見せてくれないか」

誰かが走ってきて車のドアを開けたとき、ダーシーは操り人形のような気分で彼の要求に応えてほほ笑んだ。エメラルド色のマーメイドラインのドレスを慎重につまみあげ、恐ろしいほど高いヒールで石畳に足を下ろす。

こんなふうに目的地まで車で送ってもらうことも、有力者と一緒というだけで注目されることにも、急速に慣れつつあった。けれど、この数週間、苛《さいな》まれ続けた不安を追い払うのは容易ではなかった。それはつらい吐き気とともに、しだいに大きくなっていった。

身動きがとれない場所に自分がはまりこんだことに気づき始めたからだ。この世と地獄のはざまで宙ぶらりんになっているような気分。現実ではない奇妙な異世界で生き、そこから抜け出せない。自分を本物の女だと感じさせる唯一の男性から去ることができないでいるから。

問題なのは物事が変わり、今もなお変わり

続けていることだった。レンツォから鍵を受け取れば二人の関係が強まり、彼とのつながりを断ち切るのが難しくなると、なぜ最初に気づかなかったのだろう。それは物事を……複雑にした。彼を見るたびに胸が雷鳴のようにとどろき、体が欲望でとろける自分がいやになる。最悪なのはそれを彼に気づかれることだ。わたしはレンツォ・サバティーニ中毒になりかけている。彼女は唇を舌で湿らせた。レンツォはわたしに悪影響を及ぼす。それでもわたしは彼を断つことができない。

自分で関係を終わらせる力がないから、ダーシーはときどき願った。彼がわたしに飽き、彼のほうから縁を切ってくれないだろうかと。そうすれば、いやおうなくノーフォークでの新生活を受け入れるしかなくなる。粗末な自宅で合鍵を受け取り、狭いベッドで彼の手によって頂点に導かれた日以来、引っ越しのことは頭から消え、最近は自宅に戻っていない。レンツォの出張中に訪れただけだ。

今日はもう帰っていいと運転手に告げるレンツォの声が聞こえた。舞踏会が終わったらタクシーで帰るからと言っている。レンツォが従業員にこんなふうに思いやりを見せず、もっと横柄にふるまってくれたらよかったのに。ダーシーはそう願った。従業員たちが彼を褒めたたえるのも無理はない。ダーシーはこれ以上彼を好きになりたくなかった。レンツォを心の奥深くに入りこませないようにするには、おおっぴらにオペラや劇場や華やかな舞踏会に行くより、ひそかに関係を続けていたほうが簡単だったんじゃないかしら？　レンツォは彼女の腕を取り、赤いカーペットが敷かれた大理石の階段に向かった。そこではパパラッチが群がっている。彼らがそこにいるのも、どうがんばっても彼らを避けられないことも、ダーシーは知っていた。それにどのみち、彼らはわたしには関心を示さないだろう。とびきり露出度の高いドレスを着たハリウッド女優と、関係が噂《うわさ》されている既婚の共演男優とのカップルに目を奪われているから。

突然フラッシュが光り、暖かい夜を明るく輝かせた。ダーシーは慌てて顔をそむけようとしたが、それでもカメラは強引に追ってくる。まさかテレビカメラはわたしをクローズアップしているわけじゃないでしょう？　ダーシーはドレスのデザイナーの提案に従い、顔を隠してくれる髪をクリップで留めたことを後悔した。これほど注目を集めるイベントは初めてだが、舞踏会の主催者がレンツォである以上、欠席するわけにはいかなかった。

大広間に入ったダーシーは脱兎《だっと》のごとく逃げ出したい心境だったが、壮麗な部屋に魅せられて落ち着きが戻ってきた。豪華な室内にはピンクと白の桜が飾られている。それはレンツォの財団が世界じゅうの戦火のただなかにいる子供たちに届けたいと願う希望の象徴だった。あちこちで揺らめく背の高いろうそくの火はこの会場におとぎ話のような趣を添えている。一段高くなった演壇では弦楽四重奏団が美しい調べを奏で、優美な装いの客たちはめいめいに小さなグループを作って話に花を咲かせていた。

夢のようなイベントだ。ディナーは数々の賞に輝いたシェフたちの手で用意された。ところが、おいしそうな最初の料理が目の前に置かれた瞬間、胃が締めつけられ、ダーシーは単に皿の上で食べ物をフォークでもてあそび、できる限り見ないようにした。幸いレンツォには気づかれず、非難されることもなかった。彼は資金集めの担当者や寄贈者たちと話をしたり、今夜のオークションの目玉であるダイヤモンドのネックレスの隣で写真を撮られたりするのに大忙しだった。

だが洗面所に行って冷たい水で顔を洗い、吐き気がおさまると、ダーシーは楽しもうと決めた。もう恐れながら生きるのはやめよう。彼女は初対面の人に紹介されるたびに身構えてしまう自分を叱り、レンツォからダンスに誘われたときには喜んで立ちあがった。まるで天国にいるような心地だった。二人の頬が触れ合い、体はひとつに溶け合う。一緒にいるために創られたかのようだ。もちろん、そうではない。そんなはずはない。

ダーシーはこれが長く続かないことを知っていた。できるものなら今の場所にとどまりたい。けれど、これ以上長く居続けたら、レンツォに真実を話さなければならなくなる。自分の過去を打ち明けなければならなくなる。麻薬中毒者の娘であることや、それに付随するすべてを。おそらくレンツォは二人の関係をただちに打ち切るだろう。すばやい清算が最善であることは間違いない。当然わたしは悲しみに打ちひしがれるだろうが、いつかは立ち直る。必死に努力すればどんな苦しみも克服できるはずだから。もしかしたらうまくいく可能性もあったかもしれないという繰り言とともに生きるより、自らを奮い立たせて彼のもとから去ったほうがいい。

「それで……この部屋でいちばん美しい女性のご機嫌はどうかな？」レンツォが彼女の耳元でささやいた。「楽しんでいるか？」

ダーシーは目を閉じ、彼の官能的な男らしいにおいを吸いこんだ。「ええ」

「思っていたほど悪くなかっただろう？」

「そうね」

「またこのような経験をしてもいいと思うか？」

「説得に応じる余地はあるわ」

レンツォはほほ笑んだ。「それならそうしよう。そろそろ席に戻ろうか。オークションが始まる」

　司会者が演壇に上がり、寄付された品々を競売にかけ始めた。モーリシャス旅行、オペラのボックス席、マンチェスター・ユナイテッドの試合のプラチナチケット。すべて目の玉が飛び出るような価格で落札されていく。そしていよいよダイヤモンドのネックレスが登場し、あちこちから称賛のささやきがもれた。

　価格がどんどん吊《つ》りあがっていく中、レンツォがときどき何気なく指を上げていることに、ダーシーはぼんやりと気づいた。そして突然みんなが拍手をして自分たちを見たので、レンツォが落札したことを知った。司会者のアシスタントがネックレスをレンツォに渡し、彼がダーシーの首にかけて留め金を留める。ダーシーは室内のすべての視線と、とてつもなく高価な宝石の強烈な輝きに圧倒された。

「本当はエメラルドのほうがきみの目の色には合うんだが」レンツォは言った。「今回はダイヤモンドしか出品されていないのでしかたがない。きみはどう思う、いとしい人《カーラ》？」

　ダーシーは急に喉にこみあげた塊をなかなかのみくだすことができなかった。ネックレスがロープの輪のように感じられた。ダイヤモンドは重く、金属は冷たい。だが、抗議する暇はなかった。またも二人に向かってカメラのフラッシュが激しくたかれたからだ。額に汗が噴き出し、めまいがする。普通に呼吸ができるようになったのは、ハリウッドスターが厨房《ちゅうぼう》を通って退出したという噂が広まり、マスコミがいっせいにあとを追って大広間から消えたときだった。

ダーシーはつけ慣れない宝石に指で触れ、レンツォに向き直った。「あなたはわたしがこれを受け取ると思うの？」かすれた声で尋ねる。

「突き返す気か？　ぼくがそれを許さない男だと知っているだろう？　きみは立場のわりに慎《つつ》ましすぎる。きみは世界有数の資産家の恋人なんだぞ、ダーシー。ぼくはそのネックレスを身につけてもらいたい。きみがぼくに与えてくれる喜びのお礼に、美しい宝石を贈りたいんだ」

レンツォの声はなめらかな愛撫《あいぶ》のようだった。いつもならダーシーはとろけてしまったに違いない。だが、レンツォはこの宝石がサービスに対する報酬のような言い方をした。彼は本当にそう思っているの？　ダーシーの笑みは錆《さ》びついた針で顔に縫いつけたようにゆがんだ。少なくとも高価な贈り物をもらって喜んでいるように見える努力はするべきかしら？　本心を隠し、偽善者のようにふるまうの？　でもわたしは彼のアパートメントの鍵を受け取った。宝石を受け取るのも時間の問題だったのでは？　そもそも、今夜身につけているオーダーメイドのドレスと高価な靴はどうなの？　これも彼に買ってもらったものでしょう？

恐怖に似た何かが胸を締めつけ、ダーシーはこれ以上先延ばしにできないと悟った。母親のこと、養護施設のこと、ほかのみじめな出来事の数々を告白しなければ。

さっさと彼に言ってしまいなさい。贈り物を受け取る罪悪感を説明し、この尋常ではない関係に終止符を打つのよ。そうすれば少なくともこの不安から逃れ、自分の居るべき場所を知ることができる。

だが、レンツォは車内で彼女にキスをし、アパートメントに着いてからはもっと激しく唇を貪り、彼女の首から外したネックレスをまるでイミテーションのように無造作に居間のテーブルに放った。ドレスを脱がす彼の手は震えていた。ダーシーの手と同じく。二人はソファの上で愛し合い、それからレンツォは彼女を寝室に運んで、初めからもう一度愛し合った。そのような至福のときに誰が過去の話をしたいと思うだろう？

二人はその夜、ずっと愛し合った。舞踏会の翌日は丸一日休みをもらっていたので、ダーシーは遅くまで寝ていた。ようやく目覚めたのは正午近くで、レンツォはとっくに出勤していた。あのことはまだ話していなかった。

ダーシーはシャワーを浴びて服を着たが、

吐き気を催し、朝食になんとかミントティーを飲みながら、緊張しながら朝刊をめくって社交欄に目を通した。すばらしく華麗な自分の姿がそこにあった。マーメイドラインの緑のスパンコールのドレス。喉に輝くダイヤモンド。そして傍らに立ち、唇にかすかな独占欲をたたえてセクシーな笑みを浮かべるレンツォ。

ダーシーは目を見開き、被害妄想よ、と自分に言い聞かせた。この新聞に載っているわたしを誰が見るというの？　誰か気にする人がいるとでもいうの？

正午を過ぎる前に散歩に出てオレンジをひと袋買い、家に戻って果汁を搾って、何もつけずにトーストをかじった。そのとき、玄関の呼び鈴が鳴り、ダーシーは眉をひそめた。レンツォの不在時にそれが鳴ったことは一度もない。誰かが気ままに訪ねてくるようなライフスタイルではないからだ。レンツォはプライバシーを守ることを重視している。この家は彼の要塞なのだ。友人や知人であっても、ふらりと訪ねてくることはない。

ダーシーはインターコムのボタンを押した。

「はい？」

「ダーシー・デントン？」男性の声。明白なマンチェスターなまりがある。

「誰かしら？」ダーシーは鋭い声で尋ねた。

「きみの古い友人さ」短い沈黙のあとで男性

は続けた。「ドレーク・ブラッドリーだ」

一瞬、ダーシーは気絶するかと思った。別の人間――家政婦のふりでもしようかという考えが脳裏をよぎる。あるいは通話を切ってしまおうか？　誰かと話をする必要はない。まして ドレーク・ブラッドリーとは。だが、養護施設の子供たちを牛耳っていた悪童がおとなしく引きさがるとは思えない。もし話をするのを拒否したら、レンツォが帰宅するまで居座るだろう。ドレークがレンツォに何を話すかを想像し、ダーシーは身震いして、廊下の鏡に映る自分の青白い顔を見つめた。

〝友は近くに、敵はより近くに置け〟たしかそんな格言があったはずだ。

「なんの用？」

「きみの時間を数分もらいたいんだ。それくらい割けるよな、ダーシー？」

果敢に立ち向かったほうがいいと自分に言い聞かせ、ダーシーは解錠ボタンを押した。

心臓が原始的な太鼓のように打ちつける。ドアを開けると、そこにドレークが立っていた。にきびの跡が残る顔にずる賢そうな表情を浮かべて。十年の歳月が髪の生え際を後退させていたが、面影ははっきりと残っていた。その姿が当時の記憶を呼び覚まし、永久に自分から切り離したつもりの人生に再び彼女を連れ戻す。ダーシーは凍りついた。

「なんの用？」彼女は再びきいた。

「ごあいさつだな。どうした、ダーシー？　中に入れてくれないのか？　まさかおれのことが恥ずかしいんじゃないだろうな？」

だが、恐ろしいことにその〝まさか〟だった。二人の人生が交わっていた激動の時代から、ダーシー自身はずいぶん変わっていた。だが、ドレークは冷凍保存されていたかのように変わっていない。貧弱な体をだぶだぶの服に包み、爪の下には油が入り、左手の指にはH・A・T・E――〝憎悪〟と刻まれている。あなたに彼を批判する権利があるの？　ダーシーは自問した。彼もまた子供時代の悲惨な境遇から生き残ったのだ。自分自身が標準以上の暮らしをしている今、少しくらい彼をもてなしてあげるべきかもしれない。

ダーシーがドアを大きく開けると、ドレークは脇をすり抜けて室内に入った。かすかな汗といやなたばこのにおいが鼻をつく。ダーシーは居間に案内しながら、ドレークもまた、自分が初めてここに来たときと同じ反応を示すだろうかと考えた。彼女はその広さ、明るさ、清潔さ、そしてもちろんその眺めに驚嘆したのだ。

「わおっ」イートン・スクエアの風に揺れる梢《こずえ》を見下ろし、ドレークは口笛を吹き鳴らした。「ずいぶんと出世したものだな、ダーシー」

「用件はなんなの？」

ずる賢い目が険しくなった。「飲み物も出してくれないのか？　外は暑かったんだ。死ぬほど喉が渇いたよ」

ダーシーは唇をなめた。ドレークを怒らせてはだめ。ほんの少し我慢して追い出しなさい。「何が飲みたいの？」

「ビールはあるか？」

「ええ」

キッチンまでビールを取りに行くあいだに吐き気がひどくなった気がした。居間に戻ってグラスと一緒に手渡したが、ドレークは瓶からじかに飲み始めた。

「どうやってわたしを見つけたの？」彼がひと息入れた隙にダーシーは質問した。

ドレークは瓶をテーブルに置いた。「昨日の夜、ニュースで見たんだ。大きなホテルに入っていくところを。そうさ、テレビで。最初は自分の目を疑ったよ。あれがダーシー・デントンのはずはないと思った。マンチェスターでいちばん有名な売春婦の娘が、サバティーニのような億万長者の腕にしなだれかかっているはずはないと。それで自分の目で確かめようとしてホテルに行き、二人が出てくるまでぶらぶらしていたんだ。おれは暗がりをうろつくのが得意だからな」ドレークはにやりとした。「サバティーニがタクシーの運転手に住所を告げるのをたまたま聞き、ちょっと訪ねて昔話でもしようと思ったわけさ。

幼友だちの羽振りがどれほどよくなったかこの目で確かめようと」

ダーシーは明るい口調を保とうとした。心臓が胸を突き破りそうなほど激しく打ちつけているが、そんなそぶりはみじんも見せまいとした。「肝心の用件を言っていないわ」

ドレークはいかにも狡猾《こうかつ》そうな笑みを浮かべた。「こんなに出世したんだ。幼友だちを助けるのは簡単だろう?」

「お金が欲しいの?」ダーシーは尋ねた。

ドレークはせせら笑った。「どう思う?」

思うことはたくさんあったが、この男には聞かせたくなかった。ダーシーは自分の銀行口座の金額を考えた。レンツォと暮らし始めてから預金は増えている。レンツォは彼女に金を使わせなかったからだ。それでも、世間の人たちの標準的な額に比べたら微々たるものだ。そのうえ、一度脅しに屈したら際限がなくなる。

脅しに屈する必要はないんじゃない? だってすでにレンツォに過去を話すと決めたんでしょう? これはいいきっかけになるかもしれない。ありのままのわたしを知ったとき、レンツォがまだわたしを求めてくれるかどうかを見極めるきっかけに。ダーシーの口の中が乾いた。あえてその危険を冒すの?

選択の余地はないわ。

ダーシーは胸を張り、ドレークの計算高い

目をまっすぐに見た。「あなたにお金を渡す気はないわ。もう帰って。二度と来ないで」

ドレークは口元を醜くゆがめ、肩をすくめた。「わかったよ」

このとき、もっとよく考えていれば、ドレークがあっさり引きさがったことを疑問に思ったかもしれない……。

あばた面の男が我が物顔でペントハウス専用のエレベーターから降り、自分を押しのけるように出ていったのを見て、レンツォは目を険しく細めた。宅配業者か？　だが、あの服装で？　しばしその場に突っ立ち、去っていく男の後ろ姿を見つめる。本能がレンツォに得体の知れない危険が迫っていることを警告した。それは秘書が驚くほど早く仕事を切りあげ、上機嫌で帰宅した彼の心に暗い影を投げかけるのに充分だった。

実際、レンツォも自分の行動に驚いていた。仕事を半日休むのも異例だが、残りの午後をダーシーと一緒に過ごしたかったのだ。ベッドで。つややかな巻き毛に指を走らせ、引き締まった体に我が身をうずめて我を忘れたかった。加えて、知人から送られてきた緊急のメールにより、昨夜大金を払ったネックレスに保険をかける必要があることを思い出した。

去っていく男を見つめたあと、レンツォはペントハウス専用のエレベーターに乗った。

その中はまだ、かすかなたばことビールのにおいが漂っていた。玄関のドアを解錠して室内に入ると同時に、ダーシーが大急ぎで居間から出ていった。だが問題は、彼女が今朝のセクシーな美女とは別人に見えたことだ。レンツォは家に帰れば、最近買ってやった黒いサテンのキャミソールとシルクのストッキングを身にまとったダーシーが見られるものと思っていた。ジーンズとぶかぶかのシャツを着たダーシーではなく。しかも彼女の顔はいつもより青白く、目は見開かれ、表情は罪悪感のようなもので曇っていた。

　なぜだ？

「レンツォ！」ダーシーは叫び、豊かな赤毛を額からかきあげて、不安げな笑みを浮かべた。「早かったのね」

「ああ」レンツォはブリーフケースを廊下のテーブルに置いた。「今帰った男は誰だ？」

「男？」ダーシーは尋ねたが、急に声が震えたのをレンツォは聞き逃さなかった。

　これは明らかに罪悪感だ。

「エレベーターで下りてきた男だ。あばた面で、いやなにおいの。あいつは誰なんだ、ダーシー？」

　レンツォの目に冷静な非難の色を見て、ダーシーは打ち明けるしかないと悟った。「あなたに話があるの」

　レンツォはすぐに反応せず、ただ黙って居

間に入った。ダーシーはあとをついていき、彼の体から緊張と近寄りがたさを感じ取った。いつもは帰宅するなり彼女を抱き締め、息もつかせぬキスをするのだが、今日は彼女に触れもしなかった。そしてレンツォが振り返ったとき、ダーシーは彼の顔に浮かぶ冷たい表情を見て衝撃を受けた。

「では、話してくれ」彼は言った。

ダーシーは大勢の観客の前で舞台に立ち、知らない役を演じろと言われた役者のような心境になった。このことは今まで一度も、誰にも話したことがないからだ。彼女はその秘密を手の届かない深い場所に埋めていたが、今はどうしても掘り返さなければならない。

彼のいらだちがこれ以上大きくなる前に。

「わたしが保護施設《ケア》にいたころ、一緒にそこにいた人よ」

「ケア？」

ダーシーはうなずいた。「イギリスではそう呼んでいるの。ろくな世話《ケア》はないから、ふさわしい名称とは言えないけれど。わたしは子供時代の大半を、北部の児童養護施設で過ごしたの」

レンツォの目が険しくなった。「親はどうしたんだ？」

来たわ。ダーシーはうなじに冷たい汗が流れ落ちるのを感じた。大部分の普通の人間と少数の不運な人間を分かつ質問。たとえどう答えようと特異な人間だと人に感じさせる質問。そうせざるをえない状況を避けて生きてきたのは当然のことでしょう？

とはいえ、知り合ってから彼にこういう質問をされるのは初めてだった。その事実が、わたしたちの関係の浅さを証明しているんじゃないかしら？　両親は死んだという情報だけで彼には充分なはずだ。レンツォはわたしのお気に入りの思い出や、遠い昔クリスマスをどのように過ごしたかについて尋問するタイプではない。

「わたしは婚外子なの」ダーシーは率直に言った。「父親が誰なのか知らない。母もそれを知らなかった。そして母は……わたしを養育するのに不適格だと見なされたの」

「なぜだ？」

「なぜって……」彼女は口ごもった。「麻薬のせいよ。依存症だったの」

レンツォは長々と息を吐いた。ダーシーは彼の顔に理解のようなものを求め、親や環境を選べない子供への同情の念を探した。だが、彼は氷の仮面をつけたままだ。黒い目が無表情に彼女を見る。初めて彼女を見て、自分の見たものが気に入らなかったかのように。

「なぜ今までぼくに話さなかった？」

「あなたが尋ねなかったからよ。知りたくないから尋ねなかったんでしょう！」ダーシーは叫んだ。「あなたの態度がはっきりそう言っていた。わたしたちはこんな話をする関係ではなかった。あなたが欲しいものは……わたしの体だけだった」

ダーシーは彼が否定してくれるのを待った。セックスだけではなかった、と言ってくれるのを。そのときダーシーは、自分がすでに二人の関係を過去形で考えていたことに気づいた。

だが、レンツォは否定しなかった。彼は不意によそよそしい顔になり、テーブルのほうに歩いていった。昨夜、その近くでレンツォは彼女の服を脱がせたのだ。彼が光沢のあるテーブルを見下ろしたとき、ダーシーの心臓が跳ねた。そこにはランプがあり、ほかには何もない。

何も。

その重大さに気づくまでに数秒かかった。ダーシーが気づいた瞬間、レンツォは顔を上げて黒い目で彼女を射抜いた。表情は判読できない。

「ネックレスはどこだ？」彼は穏やかに尋ねた。

ダーシーの頭はフル回転した。昨夜の熱い情事の最中、レンツォがオークションで買ってくれたネックレスのことはすっかり忘れていた。レンツォがそれをテーブルに置いたときの高価な宝石の輝きはぼんやり覚えているが、体をくまなく愛撫され、彼の手が紡ぐ魔法以外のすべてが吹き飛んだのだ。今朝ドレスを拾ったとき、無意識に片づけてしまったのかしら？　いいえ。そのあともそこにネックレスがあるのを見た。あれはいつだったか、たしか……。

恐怖のあまりダーシーは胸が苦しくなった。たしか、呼び鈴が鳴る前……。

ドレーク！　ビールを取ってくるあいだ、彼を居間でひとりにしたことを思い出し、ダーシーは喉がからからになった。そういえば、気のない脅迫をしたあと、いやに急いで帰っていった。ドレークが盗んだの？

そうに決まっている。

「わたしは知らない――」

レンツォの声は鋼のようだった。「きみの友人が持っていったのか？」

「彼はわたしの友人では――」

「どうした、ダーシー？」レンツォは軽蔑の色を顔に浮かべ、彼女の抗議を遮った。「ぼくが予想外に早く帰宅したから、きみの計画が狂ったのか？」

「計画？」

「いいかげんにしろ。これはいわゆる詐欺じゃないのか？　ぼくをだまし、ぼくから金品を奪おうという」

ダーシーは呆然《ぼうぜん》として彼を見つめた。「まさか本気じゃないでしょう？」

「本気じゃない？　これほどはっきりした考

えを持つのは久しぶりだ。きみの白い肌や魔女のような目にはもう惑わされない」レンツォは昏睡《こんすい》状態から目覚めた人のように頭を振った。「今は、最初からこれが狙いだったんじゃないかと思い始めている」

ダーシーはぞっとした。「何を言っているの？」か細い声で言う。

「ぼくはしばしば考えた」レンツォは荒々しく言った。「すべてを持つ男がもらってうれしいものとは何か、と。新たな家か？ より速い車か？」彼はかぶりを振った。「いや。なんでも持っている男に物質的な富はなんの意味もない。だが、純潔は？ それならまったく話は別だ」

「意味がわからないわ」

「考えてみろ。女性が持っている最も貴重なものはなんだ、カーラ？」そのイタリア語の愛情表現は彼の唇から毒液のようにしたたり落ちた。「そうだ。その様子を見ると、ようやく理解し始めたようだな。そう、バージンさ。千金の値打ちがある。市場でこれほど高く取り引きされるものはない。昔からそうじゃないか？」

「レンツォ」ダーシーは自分の声に必死さを聞き取ったが、それを抑えられるとは思えなかった。「それは本心なの？」

「ぼくはときどき自問した」レンツォは淡々と続けた。「きみほど美しくセクシーな女性が、将来性のない仕事をしている困窮した女性が、なぜぼくと出会う前にほかの金持ちの男に身を投げ出し、貧しさからの脱却を図らなかったのか、と」

必死さは怒りに変わった。「つまり……収入源として男性を利用するということ？」

「なぜそんなに驚いた顔をする？　それともその表情は単に、きみが長年にわたって磨きをかけてきたものなのか？　最終的に女性はみんな寄生虫のように男に養ってもらう。そうだろう？」

レンツォの視線が彼女の体をさまよう。

「だが、きみは違った。少なくとも最初は。きみは断固として男たちを拒んだ。その場しのぎの満足より、もっと長い目で先を見ていたからか？　利用できるいちばん裕福な男が現れるまで粘ったのか？　それがたまたまぼくだった。ぼくは初めてバージンと関係を持ち、それがきみほどの美人だったことでおおいに興奮した」彼は冷笑を浮かべた。「だが、きみはずる賢くもあった。今わかったよ。ぼくのような皮肉屋から見ても、独立心旺盛な威勢のいい女性は新鮮で魅力的だった。きみはぼくからの贈り物も断った。安い服と格安航空券を買い、節約した金を返すと申し出た。感動的な行為だ。貧しいウエイトレスが金を持て余している建築家にそんな申し出をするとは。ぼくはまんまと引っかかった！　きみの頑固さとプライドにだまされた」

「違うわ！」ダーシーは強く訴えた。

「ぼくのアパートメントの鍵を与えられたとき、ダイヤモンドのネックレスを買ってもらったとき、きみは幸運をつかんだと思ったに違いない。初めてきみを抱いてバージンだと知ったとき、ぼくがそう思ったように。ぼくは自尊心をくすぐられ、真実に目をつぶった。どうしてあれほど愚かになれたのか、不思議でたまらない」

ダーシーはめまいがし、不快な吐き気の波が再び襲ってきたのを感じた。それも巨大な波が。このようなことが起こるはずはない。まもなくわたしは目が覚め、悪夢は終わるだろう。いえ、決して終わらない。この悪夢は現実だから。その証拠が目の前にある。混乱と傷心のただなかで、ダーシーはレンツォの顔に満足感のようなものを認めた。そういえば、彼は両親の離婚の話をした際、女性は信用できないと苦々しい顔で言っていた。自分の偏見の正しさが証明され、今後もその考えを訂正することなく生きていけることを喜んでいるのだろうか？　そうに違いない。彼はわたしを悪女だと信じたいのだ。

それでも一縷《いちる》の望みを託し、ダーシーは最後の抵抗を試みた。こんなふうに彼と別れたくない。「それはすべて誤解――」

「嘘《うそ》はもうたくさんだ。聞きたくない。きみは狼狽《ろうばい》していた。ぼくが早く帰宅し、正体を見破られると思ったからだ。ネックレスがなくなったことはどう説明するつもりだったんだ、ダーシー？　買い物に行っているあいだに泥棒が入ったとでも言うつもりだったか？　このアパートメントで働く者に責任を押しつけるつもりだったのか？」

「わたしにそんなことができると思う？」

「きみに何ができるか、ぼくにわかるわけがない」レンツォは冷ややかに言った。「これからぼくが言うことを黙って聞いてくれ。ぼくは出ていく。戻ってくるまでに、ここから消えてほしい。きみの痕跡は何も残すな。二度と顔を見たくない。わかったか？　それからいちおう言っておくが、あのネックレスは返さなくてもいい」

「警察に届けないの？」

「そんなことをすればぼくの恋人が実際はどんな女で、どんなろくでもない仲間がいるかを世間に知らしめることになり、ぼくの評判に傷がつく。最初からそれも計算済みなんだろう？」レンツォは唇を引き結び、彼女の体を一瞥《いちべつ》した。「サービスに対する報酬だと考えてくれ。なんなら手切れ金だと思ってくれてもかまわない」

それは決定的な一撃だった。吐き気が襲ってくる。膝から力が抜け、頭の中で奇妙な轟《ごう》音《おん》が鳴り響いた。ダーシーは近くの椅子に手を伸ばしたが、つかみそこね、なすすべもなく床にくずおれた。ペルシャ絨毯《じゅうたん》に頬がつき、レンツォの足首が目の高さにある。美しいイタリア製の靴がぼやけて見えた。

「芝居がかった態度はやめろ、ダーシー。何をやってもぼくの考えは変わらない」

その声は遠くから聞こえるようだった。ダーシーは歯を食いしばり、なんとか声を絞り出した。「考えを変えてほしいと誰が頼んだの？」

レンツォが横を通り過ぎたとき、彼の影が動くのが見えた。一分後、ダーシーは玄関のドアが乱暴に閉まる音を聞いた。その直後、ありがたいことに、彼女は気を失った。

6

「こんなことを続けていてはだめよ、ダーシー。無茶にもほどがある」

助産師は優しさと厳しさの入り混じった声でたしなめた。ダーシーは唇のわななきを止められなかった。厳しさには対処できる。慣れているから。

決まって彼女の心を乱すのは、優しさだった。優しさに接すると手で顔を覆い、傷ついた小動物のように泣きたくなる。今は涙に屈してはいけない。もし屈したら、二度と立ち直れなくなるかもしれないから。

ダーシーはおなかに手を当てた。「わたしの赤ん坊は無事なのね?」そう尋ねるのはこれで四度目だった。

「赤ん坊は問題ないわ。画像を見て。少し小さめだけれど、健やかに成長している。あなたと違ってね。今のあなたはすっかりやつれてしまって……」助産師は肉づきのいい顔をしかめた。「あなたは働きすぎよ。その様子では、きちんと食べていないでしょう?」

「これからは気をつけるわ。仕事の時間を減らし、もっと野菜を食べるようにする」ダーシーは袖をまくりながら答えた。本当にそうするつもりだった。赤ん坊を守るためなら、なんでもする。赤ん坊は無事だと言われ、やかましい救急車に乗っているあいだに感じた恐怖が静まり始めると、安堵《あんど》の波が押し寄せた。「もう帰ってもいい?」

「そのことだけれど、あなたを帰すのは気が進まないわ。あなたの面倒を見てくれる人が家にいない限り」

ダーシーは動揺を抑えようとした。優しい母親や献身的な妹、あるいはとんだお笑いぐさだが、愛情深い夫がいるふりをすることはできた。けれど、それはあまりに無責任だ。守らなければならないのはもう自分だけではないのだから。わたしのおなかには赤ん坊がいる。レンツォの赤ん坊が。

助産師が血圧を測るあいだ、ダーシーは努めて体の力を抜こうとした。レンツォが床にくずおれた彼女の芝居がかった行動を責め、ドアをたたきつけてアパートメントを出ていって以来、彼女の日々は苦難の連続だった。ダーシーの突然の失神は悲嘆や怒りによって引き起こされたものではなく、その原因を知るまでには二週間以上かかった。はたと思い当たったのはトイレで嘔吐《おうと》したときだ。それまで気づかなかった自分の愚かさに、ダーシーはあきれた。すべて辻褄《つじつま》が合った。だが日常化していた吐き気や食欲不振、さらには生理の遅れは、レンツォに捨てられた悲しみによっていとも簡単に見落とされた。

ダーシーは全身全霊で願った。前回の生理の日を間違って記録しているのかもしれない、そうであってほしいと。しかし、心の奥ではわかっていた。慣れない胸の張りが真実を告げていたからだ。妊娠検査キットを試してその結果に呆然《ぼうぜん》としたものの、さほど驚きはしなかった。

彼女はノーフォークの自宅のバスルームに座りこんで、誰に話したらいいのだろうと思案した。だが、住み始めたばかりのその町で仮に何人かの友人ができていたとしても、ダーシーが話せる人はひとりしかいなかった。さげすみの目で彼女を見た男性しか。悔し涙がダーシーの目を刺した。けれどレンツォにどう思われようと、それは重要ではない。重要なのは、彼が父親になると知らせることだ。

ところが、何度電話をかけてもすぐ留守番電話に切り替わった。伝言を残すのは気が進まず、レンツォのオフィスにも電話をかけたが、秘書につながれて屈辱を味わった。女性秘書は原稿を読むかのように、当分シニョール・サバティーニは電話に出られないと丁重に告げたのだ。折り返し電話が欲しいと頼んだとき、額に汗が浮かんできたことは忘れられない。その後レンツォから電話はなかったが、もはや驚きはしなかった。

「どうして……」助産師の皺《しわ》のある顔を見上げ、ダーシーは言いよどんだ。「どうしてわたしの家に誰かがいなければならないの？」

「妊娠二十八週目は大事な時期だから、用心する必要があるのよ。頼れる人がそばにいなければだめ。赤ん坊の父親は誰なの、ダーシー？」

つかの間、ダーシーは目を閉じた。ついに覚悟を決めるときが来た。問題は、わたしが自己を犠牲にし、プライドや自尊心を無視する必要があることだ。ダーシーはこの数カ月間で初めてレンツォの浅黒く厳しい顔を思い浮かべた。彼のことは努めて考えないようにしていたからだ。くっきりした顎も、引き締まった体も、セクシーな黒縁の眼鏡をかけた仕事中の顔も。新しく見つけた地元のカフェでの仕事に集中しているあいだは彼のことを忘れ、彼の腕の中で目覚めた心地よい記憶を追い出すことにある程度は成功していた。

しかし今、ダーシーはごみ同然に自分を捨てた男性に助けを求めなければならなかった。さげすまれるのが日常だった時代の記憶をよみがえらせ、彼女の訴えにまったく耳を貸さなかった男性に。

病院から連絡をもらったレンツォがどう思おうと重要ではない。あの卑しい泥棒女めと思ったとしてもかまわない。わたし自身は真実を知っていて、重要なのはそれだけだからだ。ダーシーは我が子を守るようにおなかに手を置いた。この子のためなら、なんだってしてみせる。

そう、どんなことでも。

わたしは強くならなければならない。彼とつき合い始めたころのわたしは強かったし、その強さがわたしを苦痛から守ってくれた。わたしは常に感情を凍結し、そんな自分に自信を持っていた。トスカーナで週末を過ごし、女性は信用できないとレンツォにほのめかされても、わたしはまだ自分の感情を胸の奥深くに埋めていた。何も期待していなかった。だから、イギリスに戻り、彼から家の鍵を渡したいと言われたとき、ひどく驚いたのだ。

わたしが初めて警戒心を解き、感情が変化

し始めたのはあのときからだったの？　それとも、人生で初めて与えられた境遇に有頂天になっただけ？　ノーフォークへの引っ越しを棚上げしたのは、わたしが彼の愛人という地位を楽しんでいたから？　彼と一緒に夢のような舞踏会にも行き、桜の花に満ちた大広間で彼の腕に包まれてワルツを踊った。もしドレークが現れなかったら、わたしがレンツォの宝石を身につけ、それに慣れるまでに、さほど時間はかからなかったはずだ。

わたしは愚か者だった。もう愚かな行動とは縁を切るときだ。

わたしは二度と哀れっぽく訴えたりしない。あの冷酷なイタリア人男性に自分を信じてほしいと懇願することもしない。赤ん坊を守ることに手を貸してくれるのなら、レンツォになんと思われようとかまわない。

ダーシーは目を開け、助産師のいぶかしげな表情を見た。そして、ついに言った。

「赤ん坊の父親の名はレンツォ・サバティーニよ」

レンツォは長年感じたことのない無力感を覚えながら、看護師たちに盗み見されているのにも気づかず、病院の殺風景な廊下を行ったり来たりしていた。待つことに慣れていないので、病室の正式な面会時間になるまで待たなければならないことが信じられなかった。

とはいえ、これ以上訴えたところで、先ほど話をしたドラゴンのような助産師に拒否されるのは確実だった。

その助産師は怒りもあらわに、あなたの恋人は過労と栄養不足で、明らかに最低生活水準の生活をしているとしかめっ面で非難した。ダークスーツとシルクのネクタイ、上質のイタリア製の靴をじろじろと見る助産師の目つきから、レンツォは値踏みされていると感じた。彼は人に品定めされるのが好きではない。父親になる責任を拒否している男に分類されるのも。

しかしその混乱のさなか、レンツォの胸には理解できない感情が揺らめいていた。自分の冷たい心を炎のように溶かす熱い感情は、彼を心の底から困惑させた。レンツォは怒りを覚え、事実に集中しようとした。なぜ自分はここに来たのか、無理やり考えようとした。人生で最も長い旅のように感じながら、どうしてノーフォークの辺鄙《へんぴ》な地まで車を飛ばしてきたのかを。そしてこれからどうするつもりなのかを決める必要があった。信じがたい事実を考えるたびに頭がくらくらした。

ダーシーが妊娠している。

ぼく《ヽヽ》の子供を。

レンツォは唇をゆがめた。

というか、彼女はそう主張している。

ようやくレンツォは大部屋の隅に案内され

た。そこに置かれた狭いベッドにダーシーは横たわっていた。何もかも白い中で、彼女の赤毛は唯一の彩りだった。ダーシーの顔はシーツのように白く、彼に向けられた目には警戒と敵意があった。レンツォは最後にダーシーと会ったときのことを思い出した。床に倒れた彼女を彼は放置したのだ。罪悪感に胸が締めつけられる。重ねた枕に寄りかかった彼女はあまりに弱々しく見えた。

「ダーシー」

レンツォが呼びかけると、ダーシーは苦虫を噛《か》みつぶしたような顔で応じた。

「来たのね」

「ほかに選択肢はなかった」

「嘘《うそ》よ」ダーシーは言い返した。「選択肢はあったはずよ！　病院からの電話を無視することもできた。わたしからの電話を無視し続けたように」

レンツォは否定したかったが、事実を否定できるはずもなかった。「ああ」彼はぶっきらぼうに言った。「そうだな」

「あなたはわたしからの電話を留守番電話につなげた」ダーシーはなおも責め立てた。

レンツォは息を吐き、ゆっくりとうなずいた。そのときはそれが唯一の良識ある応対に思えたのだ。ダーシーと話をする危険を冒したくなかった。降参してひと晩だけでも彼女を連れ戻してしまうのが怖かったからだ。

ダーシーが出ていったあと、たとえ信頼を裏切られたとしても、彼女を忘れるのは簡単ではなかった。ネックレスがなくなったことや、あのいやな男を無断でアパートメントに入れたことにあえて思いを馳《は》せても、彼女を心から消せはしなかった。自分は大きな過ちを犯したのではないか、もう一度彼女にチャンスを与えるべきではないか、と思い始めてさえいた。だが、高いプライドと子供のころに芽生えた女性への不信感が、彼をダーシーから遠ざけた。

恋愛関係の五十パーセントは消滅するとわかっている。なのに、ぼくはなぜ、最初からうまくいく可能性が低かった関係を求めるんだ？　しかしどれほど仕事に打ちこもうが、旅をしようが、心の中から彼女を追い出すことはできなかった。

「弁解のしようもない」

「それに、あなたの秘書はわたしからの電話を取り次ごうとしなかった」

「きみが電話をかけてきた理由を知ったら、取り次いだはずだ。なぜ用件を話さなかったんだ？」

「本気で言っているの？　あなたは元恋人のそういう姿が見たいの、レンツォ？」ダーシーは尋ねた。「〝ええ、彼がわたしと話をしたくないのはわかっているわ。でも、わたしは妊娠しているの。お願いだから、彼に伝えて〟と恥も外聞もなく懇願させたいの？　それとも、会社のビルの前であなたが退社するのを待ち、人混みのロンドンの通りで肘をつかんで妊娠を打ち明けたほうがよかった？　あるいは新聞社に駆けこみ、億万長者の恋人が父親であることを認めないという話を売りこむべきだったかもしれないわね！」

「ダーシー」今度のレンツォの声は穏やかだった。「ネックレスを盗んだと非難してすまなかった」

ダーシーは挑戦的に顎を上げた。「でも、もっと早くわたしを捜し出し、謝ろうとは思わなかったのね？」

なんて強い女性だろう、とレンツォは思った。内面の強靭《きょうじん》さと外見の弱々しさが完全に背反している。「ぼくは誤った結論に飛びついてしまった。自分の部屋に関しては縄張り意識が強いからだ」ぼくは彼女に関しても縄張り意識が強いんじゃないか？　そしてあの見知らぬ男を壁に押しつけ、彼女と二人きりで何をしていたんだと問いつめたくなるほど昔かたぎの男でもある。「この話を続けても得るものはない。きみはあまり思い悩むべきではない」

「体調に悪いから？」

「ああ、そうだ。きみは妊娠している」なじみのない言葉が舌の上で外国語のように響く。彼女があまりにはかなげに見え、レンツォは再び胸にかすかな痛みを覚えた。もしエメラルド色の目がこれほど反抗的でなかったら、彼女を抱き締めていただろう。「助産師に言われた。きみを保護する人が必要だと」

目の奥にこみあげた愚かな涙が頬を伝うのを恐れ、ダーシーは唇を噛んだ。我が身に起きた未知の出来事に、心が千々に乱れるのが悔しい。強気を保ちたいが、彼にこれほど優しい言葉をかけられては容易ではなかった。決して手に入らないもの、期待してはいけないものを懇願したくなる。浅黒いハンサムな顔を見上げていると、切望の波が襲ってくる。ダーシーは腕を伸ばし、抱き締めてと言いそうになった。わたしを安心させて、と。

だが、そういう考えは捨てなければならない。謝る必要のあることを彼が謝るのは当然だ。もし赤ん坊がいなければ、レンツォ・サバティーニはここに来なかっただろう。ダーシーはそのことを自分に思い出させた。

「保護する必要があるのはおなかの中の赤ん坊よ」ダーシーはそっけなく言った。「わたしじゃないわ」

レンツォはベッド横のキャビネットに置かれた白黒のエコー写真に目を留めた。「見てもいいか?」

レンツォがそれをつかんで凝視すると、ダーシーは肩をすくめた。「どうぞご勝手に」

自分と同じように赤ん坊の写真に見入ってい

る彼を見て、胸を打たれた。

ようやく顔を上げ、彼女を見たレンツォの目には、今までにない感情が浮かんでいた。何が彼のよそよそしい顔つきを変えたの？　驚嘆？　もしかして喜びかしら？

「男の子だな」彼はゆっくりと言った。

レンツォは大半の男性が困惑しか覚えない白黒写真から即座に赤ん坊の性別を見抜いた。ダーシーは彼が鋭い観察眼を持っていることを思い出した。

「そうよ」ダーシーは認めた。

「息子だ」レンツォは繰り返し、それから再び写真を見た。

ダーシーは彼の口調ににじむ所有欲におののいた。社会福祉事務所に連れていかれた子供のころの記憶がよみがえる。民生委員はダーシーを何度か安定した家庭に預けた。けれど、それは無駄な試みだった。娘の新しい住まいを突き止めるたび、麻薬でハイになった母が夜中に里親の家に押しかけて、娘の〝貸し賃〟を要求したからだ。

養父母候補との面接でわたしは何を学んだの？　巨象から目をそらして踏みつけられるのを待つのではなく、自ら立ち向かわなければならない。

「本当にぼくの子か、と尋ねないの？」ダーシーはきいた。「こういう場面にはつきものでしょう？」

レンツォの眉が上がり、目つきが冷ややかになる。「ぼくの子か？」

ダーシーは自分で促したにもかかわらず、いざ尋ねられると腹が立ち、自分の手の中にある選択肢をどう行使するべきか迷った。もし〝違う〟と答えたら、レンツォはわたしの前から消え、生涯わたしにかまわないでくれるだろうか？　いいえ、そんなはずはない。裕福な家に生まれた彼は特権意識と尊大さが鼻につくが、決して愚かではない。わたしはバージンだったし、二人が恋人だったころはお互いの姿しか目に入らなかった。彼は赤ん坊の父親が自分だと気づいているに違いない。

「もちろん、あなたの子よ」ダーシーはぴしゃりと言った。「そしてこの子は母親のわたしが育てる。あなたがどれほど強硬にわたしからこの子を奪おうとしても！」

震える手で写真をキャビネットに戻すレンツォの目に、ダーシーは怒りの炎を認めた。

「ぼくが母親から子供を奪うと本気で思っているのか？」

「どうしてわたしにその判断がつくの？　今のわたしはあなたのことが何ひとつわからない。いいえ、最初からわかっていなかったのかもしれない。誰かを悪者にしたくてたまらず、すぐに責任を押しつける人だとは」

「きみなら、どういう結論に到達するんだ？　帰宅したときにいかがわしい男が出ていき、高額な宝石が消えていると知ったら？」

「わたしなら非難する前に、頭を冷やして質問するわ」

「そうか。それなら今、質問しよう。あの男はぼくの家で何をしていたんだ？」

「いきなり現れたの」ダーシーは汗で頬に張りついた髪を払いのけた。「舞踏会の夜にわたしをテレビで見たそうよ。わたしにとってはいちばん思いがけない、いちばん会いたくない人だった」

「なのに、きみはビールを出した」

怖かったから。ドレークがわたしに先んじてレンツォに母のことを暴露したらどうなるかを想像し、ぞっとした。わたしは天が恵んでくれた幸せを崩壊させたくなかったから。だけど、どのみち崩壊してしまったんじゃないの？

「あなたに母のことを明かすと、脅迫しに来たんだと思ったの」ダーシーは低い声で言った。「でも結局、あなたはわたしの秘密をすべて知ったわ」

「本当か？」レンツォは冷ややかに尋ねた。

疑いのまなざしを注がれても、ダーシーはたじろいだりしなかった。感情を表に出さず、口を固く閉ざすこと――それは自分を守るために少女時代に身につけた手立てだった。レンツォはすでに母が麻薬中毒だったことを知っている。それだけでも充分に気まずいのに、母が麻薬を得る資金を捻出していた方法を説明したら、どうなるの？　彼の軽蔑の念が深まるのは間違いない。ダーシーは直感した。この誇り高い男性にとっては耐えがたいものがいくつかある。わたしの母の職業はそのひとつだ。彼がそれを武器にしてわたしから子供を引き離さないと誰が言えるの？

彼なら何をやっても不思議はない。バージンを取り引きの材料のように使ったと言ってわたしを糾弾した。わたしをそんな女だと思った男性に、どうして秘密を明かす必要があるの？

「本当よ。わたしは麻薬中毒の母親から生まれた婚外子。どうやったらそれ以上に悪い事実が出てくるの？」気持ちを落ち着かせようとダーシーは深く息を吸いこんだ。「ねえ、レンツォ、あなたがわたしの妊娠を望んでいなかったのは承知している。だけど、わたしたちはお互いに納得のいく結論に達することは可能だと思う。あなたはわたしと一緒にこれ以上何もしたくないでしょう。でも、わたしはあなたが息子と定期的に会うのを妨げはしない。むしろ、できる限り便宜を図るつもりよ」ダーシーは作り笑いをした。「子供には父親が必要だもの」

「それはどうもご親切に」レンツォは穏やかに応じ、黒い眉をいぶかしげに上げた。「それで、きみの提案は？　子供が生まれるまで定期的に金を振りこんでほしいのか？　そうなれば、きみはなんの心配もなく仕事を辞められる」

レンツォの物わかりのよさが信じられず、ダーシーはベッド上でかすかに体を起こし、薄いシーツをそわそわと撫《な》でた。「とてもありがたい申し出だわ」慎重に答える。

「そしてそのあいだ、きみは息子と一緒に暮らす快適な家を探すことができる。予算の制限はない。もちろん場所の制限も。きみの好きな国を選べばいい」

一瞬、ダーシーの顔に不安げな笑みが浮かんだ。「そこまで言ってもらえるなんて……信じられないわ」

「一獲千金も夢ではない。そうだろう？　完全にぼくを避けながら、悠々自適の生活を送れるのだから、最高だよな？」

彼の言葉に皮肉がこもっていることに気づくまでに数秒かかったが、レンツォの冷笑を見て、ダーシーは確信した。「冗談だったのね」こわばった声で言う。

「そう、冗談だ。ぼくは気前よく小切手を切るような愚かな男ではない。きみを好きな場所に行かせ、得体の知れない場所でぼくの息子を育てさせると思うのか？　それがきみの夢のシナリオだったのだろう。金持ちの男の赤ん坊を産み、子供の父親抜きで気ままに暮らすことが」

「まさか」ダーシーは病院の薄いシーツに指を食いこませた。「もしお金持ちの精子提供者を求めていたのなら、あなたよりもう少し思いやりを持った人を選ぶわ！」

ダーシーの言葉は挑発的だったが、顔からは血の気が引き、手に握られたシーツと同じくらい白くなっていった。

そのため、レンツォはにわかに自責の念にとらわれた。「ぼくはきみを傷つけたくないんだ、ダーシー」

「わたしが傷ついていると思う？」ダーシーはかろうじて言葉を返した。「あなたに何を言われようと、少しも気にしていない。わたしが気にしているのは赤ん坊のことだけ」彼女はおなかのふくらみを、いたわるようにさすった。

それを目で追うなり、レンツォの心臓は大きく跳ねた。「ぼくにはきみたち二人の面倒を見る用意がある」彼の声が低く不明瞭になる。「だが、ひとつ条件がある」

「当ててみましょうか？　単独親権が欲しいの？　それとも頻繁に子供に会いたい？　あなたが選んだ不愉快な子守《ナニー》同伴で？」

「そうならないよう願っている」レンツォは冷静に応じた。「ぼくはサバティーニ家の跡継ぎを婚外子にしたくない」

彼は窓に近づいて重苦しい冬の雲を見つめ、それから振り返った。

「その子はぼくの企業帝国の継承者だ。ただし、サバティーニの名を持っている場合に限る。そう、ぼくはきみを援助するよ、ダーシー。ぼくの条件をのんでくれるのなら。交渉の余地がなく、何よりも最優先されるべき条件は、きみがぼくと結婚することだ」

顔に穴があきそうなほど、ダーシーはレンツォを見つめた。「あなた、頭がおかしくなったの?」ささやき声で言う。

「きみには選択肢がないと言うつもりだったが、実際にはなくもない。だが、もしきみがぼくの申し出を断って今みたいな生活を続け、赤ん坊を危険にさらすというのなら、警告しておこう。ぼくはただちに弁護士に指示し、あらゆる手を使ってきみを不適格な母親だと証明する。判事を相手に」

レンツォの声に非情な決意を聞き取り、ダーシーは震えた。なぜなら、彼にとっては実に簡単なことだから。もしそういう状況になったら、レンツォはわたしの過去を執拗《しつよう》に調べるだろう。よりかんばしくない事実を次々と発見するのは時間の問題だ。麻薬中毒だけでも悪材料として充分なのに、判事たちは売春婦の子供をどう見るだろう? なんとか自力で生活しようと格闘し、極度の疲労で入院した売春婦の子供を。好意的に見てくれるはずがない。まして、世界的に有名な大金持ちの建築家が相手とあっては。

ダーシーは唇をなめて、無防備な目で訴えた。「もしその結婚が耐えられないものになったら？　将来わたしが離婚したくなっても、あなたは聞き入れてくれないんでしょう？」

レンツォはかぶりを振った。「きみを囚人にするつもりはない、ダーシー。約束する。きっとしっかりした取り決めをすれば、驚くほどうまくいくはずだ。だが、今日それを考える必要はない。きみをここから連れ出し、もっと快適な環境に移すのが先決だ。もしきみがぼくの条件をのんでくれるのなら」レンツォの視線は彼女の全身を這《は》い、最終的に顔にとどまった。ダーシーは彼の強烈な黒い目にとらわれた。「だから……承諾してくれないか？　ぼくの妻になってほしい」

断る理由が山ほど頭に浮かんだが、まさにその瞬間、ダーシーは息子がおなかを蹴るのを感じた。小さなかかとがはっきりと腹部に触れ、強烈な感情の波が押し寄せる。わたしが考えるべきは、子供にとって何が最善かということだけ。この子にわたしと同じ人生を歩ませるわけにはいかない。不安と飢餓感に苛《さいな》まれる人生を。危険に満ちた社会の底辺で生きる人生を。古着や間に合わせの学用品。無料給食。寄付金に頼る修学旅行。自分の息子にそのようなものを望むの？

いやよ。

ダーシーはレンツォの顔を見つめた。その

顔には揺るぎのない自信が刻まれている。この人に何も感じなければ、どれほど楽か。けれどわたしはそこまで自分を欺けない。何がなんでも思いどおりにしようとする尊大な男性をまだ求めてしまう自分がひどく腹立たしい。それでも、彼を求めてしまう。心はあらがえたとしても、体は実に弱い。たとえ彼が言葉でわたしを傷つけ、結婚を強要したとしても、わたしは彼に見つめられるたびに下腹部が熱く震えるのを否定できない。

けれど、セックスは危険だ。ただでさえわたしは弱っているのに、再びレンツォに抱かれたら、ますます弱くなるのでは？　かつて二人の関係は情熱で成り立っていたが、今二人の関係を支えているのは、所有と支配、そして、お金の力。

しかし、たけだけしい気力が胸にみなぎり、ダーシーはこれよりはるかに悪い状況に対処してきたことを思い出した。戸棚の中で縮こまり、子供が聞くべきではない声を聞いたこともある。法廷に立ち、まるでわたしがそこにいないかのように人々がわたしの将来を話し合うのを聞いたこともある。ほかにもさまざまな難局を切り抜けてきた。今回とどれほどの違いがあるというの？

ダーシーはうなずいた。「いいわ、レンツォ」控えめで無意味な笑みを浮かべて言葉を継ぐ。「あなたと結婚する」

7

青ざめた顔の見知らぬ女性を鏡の中に見て、ダーシーは笑いだしそうになった。子供のころのわたしがこの女性を見たらどう思うだろう？　自分が着ているドレスの値札を思い出すたび、今もまだ震えてしまう女性を。

ダーシーが着ているふわりとしたクリーム色のウエディングドレスは、ローマのニコレッタのブティックから購入したもので、おなかのふくらみが目立たないよう巧みに修整が施されていたが、それでも彼女は帆をいっぱいに張った船のような気分だった。

ウェーブのかかった野性的な髪は、トスカーナの別荘で美容師が束ねてアップにしてくれた。バロンブローザの別荘は売却したので、二人は今トスカーナの別荘を借り、その日の午前中、そこから結婚式を挙げる場所に向かった。ダーシーは平服を着てこれが形式的な結婚であることを強調したかったが、レンツォは本物の花嫁らしく見えたほうがいいと言って譲らなかった。

〝白いドレスを着るか着ないかで、どんな違いがあるの？〟彼女はむっつりと尋ねた。

〝白いドレスを着てブーケを持てば、本物の結婚のような気分になる。きみはとても美しい、いとしい人《カーラ》。さぞかし美しい花嫁になるだろう〟

だが、ダーシーは一階に下りたときも本物の花嫁のような気分にはなれなかった。レンツォの目の輝きを見て、自分は美しいのだと一瞬感じたことは否定できないけれど。

彼はイタリアで結婚すると主張した。おそらく、すべてを仕切っているように見える弁護士に助言されたのだろうが、ダーシーもそのほうが好都合だった。イタリアでの結婚はイギリスでするよりも目立たないはずだ。イギリスで結婚すればマスコミの関心がはるかに高くなり、ダーシーのかつての知り合いが噂《うわさ》を聞きつける可能性があるからだ。

数日前、二人は必要な書類をそろえ、証人としてジゼラとパスカーレだけを伴い、美しい中世の町バルガの役所に赴いた。そしてその四日後、法的に結婚が許可された。

天井の高い古めかしい部屋で行われた結婚式は形式的で小規模なものだった。ジゼラは宗教的儀式がないことを悲しんでいたが、ダーシーにしてみればそのほうがよかった。破滅が待っているとわかっているのに、あえて教会で式を挙げるのは気が重い。

とはいえ、ダーシーの心臓がひっくり返り、これが本物の結婚であればいいのにと思った瞬間があった。二人が法的に夫婦だと宣言され、レンツォが目尻に皺《しわ》を寄せて彼女にほほ笑みかけたときだ。それは彼に初めて会ったときのことをダーシーに思い出させた。漆黒の髪の色に似たダークスーツを着たレンツォは最高に魅惑的な花婿で、そんな彼に見つめられると、本当に気遣われていると錯覚しそうになった。

だからこそ、ダーシーは自分に現実を思い出させる必要があった。彼の気遣いは周囲の人たちに対する演技にすぎない。わたしは彼の子を身ごもっているからここにいるのであり、それ以外の理由はない。だが、みんなが見ている前でレンツォに抱き寄せられたとき、それを思い出すのは難しかった。

それどころか、ダーシーはひどく動揺した。以前なら迷いなく抱擁を返しただろう。けれど、レンツォが病院に現れて結婚を強要して以来、二人はいかなるときも相手に触れようとしなかった。親密な関係に戻るにはあまりに多くの障害があった。あの冷酷な言葉と仕打ちのあとでは、彼の腕に抱かれてキスをされるなんてできない。わたしを詐欺師呼ばわりした男性を、どうしたら体の奥深くに受け入れることができるだろう？

レンツォの手がウエストに絡みついたとき、ダーシーは急に体が大理石になったように凍りついたのを覚えていた。

〝お願い、レンツォ〟彼女はささやき声で、抗議の言葉を告げた。懇願ではなく。

〝きみは花嫁を演じるためのドレスを着ているのだから、ぼくの花嫁を演じなければならない〟レンツォは穏やかに言った。〝ぼくが結婚したのは青ざめた顔の人形ではなく、生身の女性であることを世界に見せよう〟

レンツォは体をかがめ、彼女の唇を求めた。それはダーシーの人生で最も奇妙なキスだった。最初は意志の力で反応するのを拒んだが、レンツォの官能的な唇はたちまちダーシーの自制心を溶かし、知らず知らず熱烈に応えていた。そのあいだ、ダーシーは無力だった。

レンツォの甘美な舌が侵入してきたときは、思わずあえぎ声がもれた。体がかっと熱くなり、心臓が尋常ではない速さで打ち、ダーシーは彼に抱きついた。自分の体を支えるという名目以上に、岩のように固い彼の筋肉の感触を楽しんだ。レンツォを強く求めるあまり、彼が勝利の笑い声をあげて唇を引き離してもまったく怒りを覚えず、ただ陶然としていた。

最後にキスをしたのが遠い昔に思え、ほこりにまみれて歩いたあとの飲み物のようにキスがおいしく感じられたからだ。

親密な関係に戻る前触れのようなキス。ダーシーは二度とそんなキスをする気はなかった。いや、してはならなかった。

「何をぼんやりしている？」

レンツォの低い物憂げな声が彼女の空想に

割って入った。ダーシーはバスルームから出てきた彼の姿を鏡の中に認めた。腰に巻いた小さな白いタオル以外、何も身につけていない。漆黒の髪にはダイヤモンドのように水滴がきらめいている。半裸の彼を見て胸をときめかせるべきではないとわかってはいたが、ダーシーの脳は理性の声を聞くのを拒み、脈拍は興奮のリズムを刻んだ。

服を着ていないレンツォを見るのは舞踏会から帰宅し、熱烈に愛し合った夜以来だった。ドレークが訪ねてきてネックレスが消え、彼女の幸福な世界が崩壊した日の前夜だ。レンツォは彼女を切り捨てるため、あのネックレスの回収を喜んで諦めた。今となってはすべて夢の中の出来事に思えるが、レンツォの研ぎ澄まされた肉体は不意に、自分が失ったすべてを彼女に思い出させた。

「それで、いったいなぜ」レンツォは近づいてきてダーシーのすぐ後ろに立ち、ほつれた巻き毛に長い指を絡ませた。「きみはそんなふうに髪をアップにしてもらったんだ？」

ダーシーは息をのんだ。彼の体がはっきりと見えたからだ。肌はまだ濡《ぬ》れ、石鹸《せっけん》の香りを漂わせている。「髪を下ろしたままだとだらしなく見えると美容師に言われたからよ」

「だが、たぶんきみの夫はきちんとして見えるきみが好きではない」レンツォはからかうように言い、真珠のついたヘアピンを一本引き抜き、次のピンに取りかかった。「彼は野性的で自由に見えるきみが好きだ」

「あなたが地球上で最も規則正しく几帳面《きちょうめん》な男性であることを考えれば、ちょっとした皮肉ね。それにピンを引き抜く許可をあなたに与えた覚えはないわ」ピンを抜き続ける彼に、ダーシーは抗議した。

「もうぼくはきみの夫だ。妻の髪を下ろす許可を求める必要はないんじゃないか?」

解き放たれた巻き毛が図らずも赤くなった頬を隠してくれたことに感謝し、ダーシーは自分の膝を見つめた。「あなたは名ばかりの夫だわ」静かに指摘する。

「それならそう言い続けていればいい。だがぼくたちは部屋とベッドを共有し――」

「そうだわ、そのことで話があるの。わたしたちがベッドを共有する理由をもう一度教えて」

「ぼくはきみの面倒を見る義務があるからだ。助産師と医者に約束した」レンツォの黒い目が光った。「そしてその場合……いつまでぼくがきみと愛し合うのを我慢できると思う?ぼくがそばに行くたび、きみは火傷《やけど》した猫のように飛びあがるというのに」

「愛し合うという言葉はわたしたちの行為を表現するのにかなり不正確だと思う」最後の巻き毛が解き放たれ、ダーシーはため息をついた。レンツォが鏡台の上に整然と並べたピンの列に最後の一本が加わる。「今夜、この結婚パーティを開くべきではなかったわ」

「わかっている。きみはぼくと二人きりのほうがよかった」

「そんなこと言っていないわ」

「それもわかっている」レンツォの黒い目は嘲りに満ちていた。「だが、結婚は結婚だ。そうした重要なイベントは友人たちと祝うのがふさわしい。ぼくたちの結婚が名ばかりとは思われたくないだろう?」

「たとえそのとおりでも?」

「ああ、たとえそのとおりでも。嬉々《きき》としてその役を演じるのがそれほどいやか? みんなは本物の結婚だと思って楽しんでくれる。遅かれ早かれその楽しさはきみにも伝わるだろう」レンツォは彼女の髪を撫《な》でた。「きみの手はいっさい煩わせない。もしそれを心配しているのなら。食事もワインも友人たちも、すべて用意されている」

「そのあいだ、わたしは力なくうなだれ、市場の牛のように白いドレスであちこち連れまわされるの?」

レンツォは穏やかに笑った。「今のきみはとてもそういうふうには見えない」彼はダーシーの肩に手を置き、身をかがめた。うなじを覆う髪に彼の温かい息がかかる。不意に彼の声が真剣になった。「いいか、ダーシー。ぼくたちは二人ともこの状況を望んでいなかったが、やむをえずこうなった。ぼくは結婚したくなかったし、親になるつもりもなかった。たぶんきみもそうだろう」

ダーシーは口元をゆがめた。「ええ」

鏡の中で二人の目が合った。この不快な感情的ドラマのただなかでさえ、どうして二人の化学反応は今までと変わらず強烈なのだろう? レンツォは不思議に思った。彼女もそれを感じているのか? そうに違いない。

レンツォは彼女の胸の先端がシルクのウエディングドレスを押しあげ、エメラルド色の目が欲望に陰るのを見た。だが、彼女のこわばった肩と笑みのない唇は彼に向こうへ行けと言っている。かつてレンツォは彼女の体を完璧に知っていたが、今は違う。ダーシーの大きくなった体にはなじみがなかった。当人と同じく。今の彼女のとげとげしさと用心深さは別人のようだ。それでも、触れずにいるのは難しい。レンツォはダーシーに触れたくてたまらなかった。さまざまなことがあったにもかかわらず、それは少しも変わらない。

彼女の肌はしっとりとして、目は輝き、豊かな赤い巻き毛は以前にも増してつややかだ。妊娠中の女性はいっそう美しくなるとよく言われるが、レンツォは今まで疑っていた。だが、不意にそれは真実だと知った。ダーシーは大きなおなかから手を離さない。世界でいちばん大事な秘密を抱えているかのように。

妊娠……。

レンツォの口の中が乾いた。それを理解するのはいまだに難しい。新しい命が育ちつつあり、自分がその責任を負わなければならないということを。家族を持ちたくなかったという先ほどの言葉は本心だ。家族は苦しみの元凶になりうる。しかし、理由はそれだけではない。レンツォは今の生活が気に入っていた。自分以外の誰の要求にも応じなくていい生活が。もし今までつき合った女性たちが彼の心を変えられると思ったとしたら、それは間違いだ。彼は三十五歳になるまで誰の指にも指輪をはめる必要がなかった。

つまり、ダーシーはほかの誰にもできなかったことを成し遂げたのか？　そして故意に妊娠したのか？　たとえそうだとしても、ぼくにも責任はある。ぼくはダーシーがバージンであることを知って興奮し、彼女がピルの服用を開始するまで待てなかった。初めて避妊具をつけずに彼女の中に入った記憶は今も鮮明で、言葉にできない喜びを感じた。それは原始的で圧倒的な喜びだったが、賢明とは言えなかった。性的欲望に目がくらみ、理性的に考えることを放棄した。避妊を彼女に任せきりにした結果がこれだ。ダーシーの緑の目を見たとき、レンツォの胸は理解できない感情できつく締めつけられた。

「もしかして、最初から妊娠するつもりだったのか?」彼は尋ねた。

ダーシーは目に見えてたじろぎ、深呼吸して気持ちを落ち着かせてから答えた。

「いいえ、故意じゃないわ、レンツォ。もしあなたがそう考えているのなら」ダーシーは悲しげにほほ笑んだ。「まともな精神状態の女性なら、氷の心を持つ男性に自分を縛りつけようとは思わない。たとえどれほどお金持ちで豊富な人脈を持った男性でも」

レンツォは信じた。信じたくなかったが、信じざるをえなかった。優雅なドレスに身を包んだ青白い顔の彼の花嫁は事実を言っている。「だったら選択肢はひとつしかない」彼は言った。「つべこべ言わずに招待客が待つ一階に下りるんだ。さもないときみを蹴飛ばし、罵声を浴びせてでも歩かせるぞ」

「あなたに恥はかかせないわ。もしそれを心配しているのなら。わたしはこれ以上の面倒は望んでいないの」

「よし」

レンツォは彼女に背を向けて離れ、腰のタオルを床に落とした。ダーシーは彼のヒップに目を奪われ、憂鬱な気分がいっとき吹き飛んだ。ブロンズ色の背中よりやや色が薄い引き締まった二つの盛りあがり。その下にはたくましい腿が続き、おのずと動悸《どうき》は激しくなる。持てる力をすべて使って彼の魅力と闘っているというのに。

「そそられるか？」

レンツォの声は官能的な嘲りに満ちていた。まるで背中を向けていても彼女の表情を読める能力があるかのようだ。彼の言葉が正しいことを、ダーシーはわざわざ教えるつもりはなかった。

「何にそそられるの？ 結婚パーティのごちそう？」ダーシーは鼻をくんくんさせて、階下から漂ってくる料理の芳香を嗅ぐふりをした。「もちろんよ！ 食欲が戻ってきたわ。馬一頭だって食べられそう」

ダーシーはバスルームに逃げこんだ。レンツォの低い笑い声が追いかけてくる。彼女はしばらくそこで髪をいじって時間をつぶした。

寝室に戻ると、身支度を調えたレンツォに目が釘《くぎ》づけになった。いかにもイタリア人らしいすてきな着こなしだ。ダークスーツは広い肩とたくましい体を強調し、上のボタンを外したシルクのシャツからはセクシーな胸元がのぞいていた。

ダーシーは不安げにドレスを手で撫でつけた。「わたしは少し着飾りすぎじゃない？」

「少しどころじゃない」レンツォはぶっきらぼうに言った。「ただし、きみが思っているような意味ではないが」

大広間に下りたときも、ダーシーの頬はまだ赤かった。ジゼラや近隣の村の女性たちの手で美しく飾りつけされ、大広間はすっかり様変わりしている。外は寒く、広い敷地に出ることはできないが、火は赤々と燃え、緑の草木の飾りが階段や暖炉の周囲を彩っていた。白い花と白いリボンもあり、シュガーボンボンが小さなガラスの皿に盛られている。クロカンブッシュのウエディングケーキがダイニングルームに誇らしげに鎮座し、大広間の向こう端のテーブル上には、美しくラッピングされたプレゼントが山積みになっていた。プレゼントはいらないと二人が事前に宣言したにもかかわらず!

二人が入室すると、大きな拍手が湧き起こり、「おめでとう!《コングラトゥツィオーニ》」や「よくやった、《ベンファット》レンツォ!」という祝福の言葉が飛び交った。客は全員レンツォの友人だ。招待したい人がいるのなら費用は出すよ——彼はそう言ってくれたが、ダーシーは断った。ずっとひとりで生きてきて、自分の過去と決別し、あえて友人を作らなかった彼女に、招待したい人などいるはずもなかった。

とはいえ、ダーシーはニコレッタの顔を見つけると、うれしくなった。その華やかなイタリア人女性が嫁入り道具の選定を手伝ってくれたからというだけではない。レンツォはかつて関係を持っていたその女性にもうなんの感情もいだいていないようだった。ダーシーは長年放置されて育ったせいで自信が欠如していたものの、それでもレンツォが今夜の自分を見る目つきには気づいていた。ニコレッタも同じ意見だった。

「あんなレンツォは初めて見たわ」レモネードをストローで飲むダーシーにニコレッタはささやいた。「彼はあなたから目が離せないみたい」

ダーシーはグラスを置いた。それは彼が人生の勝者だからだ。彼は事業を成功させたように、この結婚も成功させたがっている。両親の結婚が失敗したからなおさら。だから、レンツォは急にわたしに思いやりを示すようになったのだ。ダーシーは怖くなり、彼から身を引き離したくなった。偽りの安楽に身を投じたくない。もしこの結婚が壊れたら、わたしは傷だらけで放り出されるに違いないから。

才能あふれる夫がわたしにうんざりするまでどれほどの時間がかかるだろう？ 秩序立った生活にマタニティブルーの妻が入りこんだらどうなるか、彼が考えていないとは言いきれない。まして赤ん坊が生まれたらどれほど生活が変化するかを。

しかし、その夜はダーシーが想像していた以上にうまくいった。本心か演技かはともかく、レンツォは彼女を温かく仲間に迎え入れてくれたみんなに心から感謝している様子だった。彼の友だちは怖《お》じ気《け》づくような職業の人ばかりだったが、みな親切だった。弁護士、銀行家、高名な心臓外科医、誰もが完璧な英語でダーシーと話をしたが、彼女はレンツォの母国語を学ぼうと心に決めた。ふと悲しい未来が垣間見えたからだ。母親《マンマ》の理解できない言葉で息子とレンツォが話をし、蚊帳の外に置かれる自分の姿が。

そういう状況は危険でもあった。結婚前のレンツォは物わかりがよかったが、わたしの指に指輪をはめた今はもう、そういう態度を続ける必要はない。気をつけなければ、わたしは無用の長物になるだろう。ダーシーは夫が大金を払って借りた優雅な部屋を見まわした。もしこの結婚が耐えられないものになったら、息子はこの特権と美のすべてを捨て、わたしと一緒にまだ見ぬイギリスに渡るかしら？　不確かな将来を選ぶと思う？

そうした不安をダーシーは押し隠しておしゃべりに興じ、レモネードを飲んだ。そして最後の客が帰ると、レンツォのあとについて部屋に戻った。心臓が肋骨《ろっこつ》の下でけたたましく打っている。ダーシーはバスルームで着替え、ニコレッタがプレゼントすると言い張ったナイトドレスを着た。花嫁にぴったりの優美なドレスで、すぐに脱がされることを想定したデザインで、実用性は皆無だ。おなかは張り出しているものの、淡いクリーム色の光沢のある生地は第二の皮膚のように体をきれいに見せてくれた。張りつめた胸を覆う繊細な生地はレースに縁取られている。

ダーシーが寝室に戻った瞬間、レンツォの目が欲望にけぶった。

呼応するかのようにダーシーの下腹部も欲望に締めつけられ、彼と距離をおくという決意がくじけそうになった。肉体的な親密さは解放をもたらし、二人のあいだに生まれた緊張をやわらげるだろう。とはいえ、そうした親密さは危険でもある。こうした状況のときはとりわけ。彼の分身とも言える赤ん坊を自分の体に宿している今、肉体的な解放のみを目的としたセックスによって自分の品位をおとしめたくない。

ダーシーはベッドの端に倒れるように座りこみ、彼の視線を感じるまで、小さなうめき声をあげたことに気づかなかった。

「疲れているようだな」

ダーシーはうなずいた。急に疲れがどっと出てきた。「ええ。でも、あなたと話をしなくては」

「何を話すんだ？」

「いろいろよ」

レンツォはにやりとした。「もう少しはっきり言ってくれ。どんなことだ？」

ダーシーは肩をすくめた。「どこに住むのかとか、そういう現実的なことについてよ。妊娠三十六週を過ぎたら飛行機に乗るのは許されない。だから、早く決めなければならないわ」

レンツォは自信に満ちた顔でかぶりを振った。その尊大さも彼の一部だ。

「ダーシー、ぼくは自家用機を持っている。医療支援チームを同行させれば、いつでも好きなときに飛行機に乗れる」

ダーシーはうなずき、ベッドカバーをめくってキングサイズのベッドに入り、片側半分のスペースを確保した。「それはともかく、話し合いは必要だわ」

「今夜でなくてもいい」レンツォもベッドに入った。ダーシーの反対側のマットレスがその重みで沈む。「きみはずいぶん疲れているようだ。話すのは明日でいいじゃないか。それから念のために言っておくが、そんなに端に寝ていたら夜中にベッドから落ちるぞ。きみ自身が危険であるばかりか、ぼくまで起こされるかもしれない」レンツォは腕時計を外し、サイドテーブルに置いた。「心配するな、ダーシー。きみの態度を見れば気持ちはわかる。ぼくは心と体がけんかしている女性を説得して愛し合うつもりはない」

「今まで女性を説得した経験なんてないでしょう?」ダーシーは意地悪な口調で尋ねた。

「そのとおり」レンツォは物憂げに答え、明かりを消した。「いつもはぼくが女性を撃退しなければならない」

ダーシーの肌がかっと熱くなった。返って

きた答えに愚かにも傷つくのなら、最初から尋ねるべきではないという格好の教訓だ。暗闇の中で天井を見据えているうちに、レンツォの深く安定した寝息が聞こえてきた。ひと晩じゅう眠れずに悶々《もんもん》として未来を思い悩む羽目になることを恐れたが、驚いたことに、ダーシーは安らぎを感じ、指にはまった真新しい結婚指輪と大きなベッドが気持ちを落ち着かせた。そして、わずかとはいえ、安心感さえ覚えた。

トスカーナの冬の強風が古い屋敷の外でうなりをあげている。ダーシーは枕に体をあずけ、この数カ月間で初めてぐっすり眠った。

8

レンツォは新婚旅行に行くと言い張った。

翌朝ダーシーは一階に下り、その計画を立てている最中の彼を見つけて異を唱えたが、あっさりはねつけられた。ダーシーはダイニングテーブルに広げられた道路地図を一瞥《いちべつ》し、こんなのは偽善だと言った。すると、レンツォはそれでもかまわないと答えた。

「たぶんあなたはこの結婚をより本物らしくしようとしているのよ」ダーシーは指摘し、

バスケットから、まだ温かいパンを一枚選んだ。「わたしたちが本当の夫婦になっていないから」

「そうかもしれない」レンツォは冷静に返した。「あるいはぼくの国をもっときみに見せ、きみが今以上にくつろぐ姿を見たいのかもしれない。昨夜、きみはよく眠っていた」

彼の視線が必要以上に長く胸のふくらみに注がれ、ダーシーはうろたえた。

「それに、ぼくたちはいつでも好きなときに本当の夫婦になれる。そうじゃないか？」彼は穏やかにきいた。

ダーシーは返答に窮したが、赤くなった顔が事実を暴露しているに違いなかった。その話題は精神的負担が大きすぎるという事実を。妊婦のわたしを見守るために同じベッドで眠るというレンツォの主張を実践し続けるのは難しい。なぜならどれほど巨大でもベッドはベッドだから。昨日の夜中に足が彼の向こうずねに当たったとき、わたしは本能的に爪先で彼の脚を撫《な》でたくなって、火傷《やけど》でもしたかのように慌てて彼から離れたこともあった。

こんな状況は常軌を逸しているけれど、少なくともわたしは自分を完全に掌握している。もし彼と再び体の関係を持ったら、それができなくなるだろう。ダーシーは怖かった。妊娠期間中は不安定な感情の波が定期的に襲ってくる。それにもし、わたしが内に抱える闇を見抜かれたら、彼は打って変わって冷たくなるのでは？

以前はそんな心配はしたことがなかった。レンツォは前に比べて明らかに優しくなった。わたしが彼の子を妊娠したからだとわかってはいるけれど、それにしても……。もしわたしがいかなる親切にも本能的に疑念をいだく人間でなかったら、本質的に冷淡な男性から優しくされて感激し、その変貌ぶりに有頂天になっていたかもしれない。

結局、ダーシーは彼が計画した新婚旅行を中止に追いこむことはできなかった。たぶんそれはいいことなのだ。格好の気晴らしになるに違いない。互いの隙をうかがう二頭の虎さながらに、この美しい貸し別荘のまわりを散歩するよりはましだ。レンツォがわたしの目に欲望を読み取り、行動に移す恐怖に怯《おび》えるよりは、二人の思考を別のことに向けたほうがいい。

そういうわけで、ダーシーはニコレッタのブティックで買った暖かそうな服をスーツケースに詰め、レンツォはそれをスポーツカーの後ろに積んだ。

空気はすがすがしく、淡い青色の空に緑の丘が穏やかな稜線《りょうせん》を描いている。パワフルな車はいくつもの丘を越え、イタリアの首都を目指した。

途中、二人は丘の上の小さな町で早めのラ

ンチをとることにして、トリュフのパスタと〝おばあちゃんのタルト《トルタ・デッラ・ノンナ》〟というイタリア名物のケーキを注文した。それから石畳の細い道を歩いて頂上まで登り、眼下に広がる緑と金色のチェックのテーブルクロスのような景色を眺めた。

ダーシーは手すりに肘をのせ、長々とため息をついた。すると、レンツォが彼女を見て尋ねた。

「気に入ったか？」

「美しすぎて、現実とは思えない」

「イギリスにも美しい場所はたくさんある」

ダーシーは肩をすくめ、目に見えない遠くの一点を凝視した。「わたしが育った地域にはなかったの。周囲の田舎には美しい場所がいっぱいあったけれど、そこまで行くにはお金が必要だった」

「つらかったか？」彼はいきなり尋ねた。

彼女は一瞬の間をおいて答えた。「ええ」

レンツォはそのたったひとことに悲しみを聞き取り、下唇を噛《か》むダーシーを見て、彼女の腕にそっと触れた。「行こうか。暗くなる前に目的地に着きたい」

車に乗ってまもなくダーシーは眠りに落ちた。レンツォは高速道路の料金所の列で待つあいだ、そばかすのある鼻を上に向けて眠る青白い顔を見つめていた。緩い一本の三つ編みにした赤い巻き毛は片方の肩にかかっている。ときどき彼女は髪を三つ編みにした。ジーンズとグレーのセーターを着た今日の彼女は高校生のように見えたが、ふくらんだおなかを見て、彼女がじきに二十五歳になることを思い出す。まもなく子供が生まれることも。

うまくやっていけるだろうか？　車の列が動きだし、レンツォは革手袋をはめた指でハンドルを握り締めた。うまくやっていかなければならない。ほかの選択肢はない。自分と同じ父親のいない寂しい子供時代を我が子に繰り返させてはならないから。そういえば、ダーシーは少女のころの話をあまりしないが、今日は珍しく話題にした。たとえ彼女の顔を暗い影がよぎっても、レンツォはもっと知りたいと思った。

自分の人生に深く根差したルールを破り、ダーシーのことをできるだけ知ることが、夫としての、父になる男としてのぼくの役目ではないのか？　その場合、ぼく自身の話を先にしたほうがいいかもしれない。過去の女性たちがしつこく求めても決して話さなかったことを。なぜなら、意思の疎通には互いの協力が不可欠だから。以前セラピストがそう言っていた。

だからといって、彼女をセラピストとして見ていたわけではない。レンツォにとって彼女はつかの間の情事を楽しむ華やかな黒髪の美女にすぎなかった。彼女が〝家族療法〟を専門にしていると打ち明け、お望みならいつでも話を聞いてあげるわよと言って彼を狼狽《ろうばい》させるまでは。レンツォは薄笑いを浮かべた。ぼくはその申し出を受け入れ、現在の状況に対処する助言をもらうべきかもしれない。

ダーシーが目覚めたのは車が夕暮れどきのローマに入ったときだった。レンツォにとっては子供時代からなじみ深い古びた通りだ。彼はまわり道をして、カンピドリオ広場やコロッセオなどの名高い建造物に感嘆の声をあげる彼女を見て楽しんだ。スペイン広場から五分ほど車を走らせ、コンドッティ通りに立つ十六世紀の宮殿《パラッツォ》の前に車を止めると、ダーシーはぽかんと口を開けた。

「ここはあなたの家なの？」三階に上がったあと、ダーシーは呆然《ぼうぜん》として尋ねた。

「今はそうだ。二年前に購入した」

レンツォは答え、両開きの扉を開けて大広間に入った。高い天井と金色の家具、そして窓越しには太古の町並み。なんと壮観な光景だろう。

「一八三〇年にナポレオン三世がここに住んでいたそうだ」

「ここに？」ダーシーは部屋の中心に立ち、目を見開いて周囲を見まわした。「圧倒されるわ。なんというか……まるで歴史書のグラビアを見ているみたい。あなたはなぜここに住まないの？　なぜロンドンに住むの？」

「ぼくの仕事は国際的だから、ロンドンに拠点を置きたかったんだ。ここにはたまにしか戻れないが、いつかは好きなだけ帰れるだろう」

「レンツォ――」

彼はかぶりを振って遮った。「わかっている。話がしたいんだろう? だが、まずは荷ほどきをしたほうがいい。それからゆっくりしてくれ。夕食のことを考えなくてはならないけれど、少し仕事を片づけてからでもいいかな?」

「もちろんよ」ダーシーはこわばった口調で答えた。

「ついてきてくれ。寝室に案内する」

レンツォは天井の高い廊下を進み、別の部屋に彼女を連れていった。そこでもダーシーは面食らった。大きな木のベッドが置かれたその奥の壁に巨大な油絵がかけられている。両側には繊細なシルクのカーテンがあり、まるで窓から山脈や木々を見ているような気分になる。ダーシーはそれを凝視し、目をしばたたいた。なぜわたしはこんなところにいるの? 彼女は首に巻いていた青いスカーフをほどきながら考えた。

寝室を見まわすと、アンティークの家具や豪華な絨毯《じゅうたん》、途方もなく高価な芸術品が目につく。しかし、多くの人が切望する信じがたいほどの富の展示は彼女にとってなんの意味もなかった。物は欲しくない。たとえ極上品であっても。ダーシーが欲しいものは形のない何か、ずっと自分の手には入らないと思っていた何かだった。

ダーシーはシャワーを浴び、カシミアのチュニックとレギンスを身につけた。それからはだしでそっと大広間に入り、コンピューターを操作している夫を見つけた。例によって彼の壮大な建築デザインが画面に呼び出されている。だが静かに入室したにもかかわらず、足音を聞きつけたらしく、レンツォはさっと振り返った。黒縁の眼鏡をかけた彼はセクシーで、以前はダーシーの胸をときめかせた。

正直に言うなら、今も。

「部屋は気に入ったか?」レンツォが尋ねた。

「少し狭いわね」

「閉所恐怖症になりそうか?」レンツォはほほ笑んだ。「おなかはすいたか?」

「たらふくランチをいただいたあとで?」ダーシーは鼻に皺《しわ》を寄せた。「自分でも不思議だけど、すいたわ」

「よかった」少し長すぎるほど彼女の姿を眺めるうち、レンツォの黒い目が光った。「減った体重はいくらか戻ったようだな。もう少し肉をつけたほうがいい」

ダーシーは何も答えなかった。じろじろ見ないでと言いたいが、その一方で、一日じゅう彼の視線を浴びて体を熱くほてらせたいと思った。

「外食してもいい」レンツォは言った。「トラステベレ地区に行けば、観光客向けではない本物のイタリア料理が食べられる。あるいは……」

ダーシーは眉を上げた。「あるいは？」

「ピッツァを注文してもいい」

「ここで食べるの？」

「いけないか？」

ダーシーは肩をすくめてアーチの向こうに視線を走らせ、背の高い銀の燭台《しょくだい》が置かれた長いダイニングテーブルを見やった。「ずいぶん贅沢《ぜいたく》に思えるわ」

「テーブルは使うためにあるんだ。たとえ何を食べようとも」

一時間後、金色の椅子に座り、指でつまんでピッツァを食べるのは奇妙な感じがした。まるで博物館に侵入し、今夜だけ一時的に食卓をしつらえたようだ。

「気分はどうだ？」

レンツォが尋ねた。ダーシーがアンチョビ入りの最後のひと切れを口に入れ、オレンジ色の油がついた指をなめていたときだ。

「最高よ」彼女は満足のため息をついた。

ダーシーはまだ夢心地だった。すべてほかの誰かの身に起きている出来事のような気がした。大広間に戻り、ミントティーはどうかとレンツォに尋ねられるまでは。ダーシーはココアはあるかと問い返し、〝あると思う〟という答えが返ってきたので驚いた。数分後、レンツォがココア入りのマグカップを持って戻ってきたので、さらに驚いた。それを受け取ったとき、強烈な記憶がダーシーの胸を締めつけた。うっかり口を滑らせたのはココアの甘い香りのせいだろう。

「まあ！　これを飲むのは久しぶり……」はたと気づいたが、手遅れだった。

「久しぶり？　いつ以来だ？」

ダーシーは陽気な口調を心がけた。「あら、あなたは興味ないと思うわ」

「いや、ある」レンツォはにべもなく言った。

マグカップを置く手が震え、ダーシーは不安になった。動揺を見透かされてしまったかしら？「以前は興味なかったはずよ」

「確かに」彼はそっけなく応じた。「だが、きみは今、ぼくの子を身ごもっている。ぼくは我が子の母親を理解する必要がある」

ダーシーはその話題を避けることはできないと悟った。一時的に避けても彼の好奇心をあおるだけだ。もし独自に調査を始めたら、レンツォは何を発見するだろう？　ダーシーは意気消沈した。そんなことは考えるまでもない。彼は今でもわたしの心にくすぶり続ける暗く根深い恥辱を発見するはずだ。

彼女は冷めていくココアを見つめ、時間を巻き戻せたらいいのにと願った。そうなれば彼に追及のきっかけを与えるようなことは口走らない。「ずいぶんばかばかしい話に聞こえるでしょうけれど――」

「ダーシー」レンツォの声は優しい。

ダーシーは肩をすくめた。「ココアを見たら、子供のころにカフェに行ったことを思い出したの。新しい養父母候補に会うために」

そのときの記憶が痛みを伴って鮮明によみがえった。ガラスのショーケース越しに輝くいちごのケーキ。糊《のり》のきいたエプロンをつけたウエイトレスたち。ぎこちないながらも希望に満ちた対面だった。民生委員が仲裁人として、家庭が切実に必要な幼い少女と、彼女を受け入れたい二人の大人との交流を見守っている。養父母候補はダーシーのためにマグカップに入ったココアを注文してくれた。ココアの上にはホイップクリームがうずたかくのり、てっぺんには美しいサクランボが飾られていた。ダーシーはその完璧な形を壊したくなくて、しばらく見つめていた。やがてようやくそれを飲んだとき、クリームが白い口ひげのように上唇につき、全員が笑った。以後、その笑い声はダーシーの宝物となった。

「養父母？」レンツォの低い声が彼女の記憶の中の光景を溶かした。

「子供時代の大半、わたしには家がなかったの。母は十七歳のときに孤児になった。祖父が運転する車が凍結した道路のカーブを猛スピードで曲がって……。警察によると、酔っぱらい運転だったそうよ。クリスマス・イブに警察が家にやってきて、まず母に座るよう勧めたの。警察が帰ったあと、母はクリスマス・ツリーとその下に置かれたプレゼントを見つめたんですって。決して開けられることのなかったプレゼントを……」

ダーシーの声が途切れた。母がそれを娘に語ったのは、絶えず薬の高揚感を追い求めて生きた母の頭が珍しくはっきりしていたときだった。

「そして……母はパニックに陥ったの」

「無理もない。親戚はいたのか？」

ダーシーはかぶりを振った。「いいえ。まあ、アイルランドの西海岸にいることはいたけれど、クリスマス休暇に間に合うように行くには遠すぎたわ。それに、母はほかの家のクリスマスに立ち入りたくなかったの。祝宴のさなかに飛び入りして、哀れみを受けるのはいやだったのよ。だからひとりでクリスマスを過ごし、そのあと両親から相続したお金を持ってマンチェスターに行ったけれど、仕事の当てはまったくなかった。人に褒められるのは容姿と、パーティを盛りあげる才能だけだった」

「お母さんはきみに似ていたのか？」レンツォは不意に尋ねた。

「ええ。少なくとも幼いころは似ていたわ」

ダーシーは目を閉じた。自分とそっくりな緑の目と元気いっぱいに見える赤毛を持つ母の姿がまぶたの裏に浮かぶ。赤ん坊のダーシーを腕に抱き、ためらいがちな笑みを浮かべる若い女性の姿も。ダーシーは自分によく似た女性の身に起きたことを彼に話したくなかった。考えるだけでも耐えられないのに。

「麻薬にむしばまれる前はね。わたしが初めて養護施設に引き取られたのは二歳のとき。六年間そこにいたわ。八歳のとき、母は〝娘を取り戻す〟と言って裁判所に申し立てをしたの」

「勝ったのか？」

「ええ。母は必要とあれば、名女優になれたから」

「それで、どうだったんだ、再び母親と一緒に暮らすようになって？」

ダーシーは言葉をのみこんだ。どこまで話せるだろう？　どこまで話したら、彼の顔に嫌悪が浮かび、その哀れな女の娘にも麻薬中毒の特性が受け継がれているのではないかと疑い始めるの？　そしてもうひとつのもっと受け入れがたい事実も。

「想像にお任せするわ」ダーシーは弱々しい声で言った。「母は密売人と接触したり、借金をした相手がドアをノックしたりしたときにわたしを利用したの。大人の世界に子供がいると、誰もが面食らったわ」

「きみは安全だったのか？」

「わたしは幸運だった」ダーシーは簡潔に答えた。「民生委員が調査をし、わたしをそこから連れ出したの。つまり養護施設に逆戻り。でも正直に言えば、施設のほうがよかった」

実のところ、安全ではなかった。心から安全を感じたことは一度もない。とはいえ、施設は比較的安全な場所だった。

「そこを出たあとはどうしたんだ？」

「ロンドンに行ったわ。夜間学校に通い、教育の遅れを取り戻した。ウエイトレスになったのはそういう理由からよ。トレイにのせた飲み物をこぼさずに運ぶことができれば、数学の一般中等教育修了証《GCSE》を取得したかどうか誰も気にしないから」

室内に沈黙が落ちた。美しい置き時計が時を刻む音しか聞こえない。あの時計はナポレオンの時代にもそこにあったのかしら？

「そうか……」レンツォは考えこむような顔つきで言った。「子供のころのきみは大人たちに住む場所を決められたわけだ。それならぼくたちの子供が生まれるとき、きみはどこに住みたい？」

それは予期していた言葉でないばかりか、ダーシーにとっては今までで最も思いやりのある質問だった。ダーシーは声をあげて泣きたくなった。本当の優しさを経験したことがない者の過剰反応だろう。それでも、ダーシーはその優しさをしっかりと抱き締める必要があった。

「イギリスに住みたいわ」ダーシーはおもむろに切りだした。「イタリアはとても美しいし、大好きだけれど、ここでは外国人のような気がするの」無理やりほほ笑む。「外国人なのだから当たり前ね」

「ということは、ベルグレービアにあるぼくのアパートメントか？」

ダーシーはかぶりを振った。「いいえ、違うわ。あの家には戻りたくない」

レンツォはかすかに驚いた顔をした。数百万ポンドの値打ちがある高級アパートメントを新妻が拒絶したら誰もが驚く。

「なぜだ？」

正直に言うべきだろうか？　わたしはあの家で別の人生を生きていた気がする、と。今はもういない別人のようにふるまっていた。優美なブラジャーとおそろいの小さなショーツを身につけて。わたしは彼のおもちゃでしかなかった。当時は使い捨ての愛人にすぎなかった。あのころのダーシーともうすぐ母親になる今のわたしを、どうやって共存させたらいいの？

レンツォはわたしを彼の人生の永遠の備品にするつもりはなかった。それを絶えず思い出す苦しみにどうやって耐えたらいいの？

「子育てに適した環境ではないからよ」

レンツォは黒い眉を上げた。「きみは、ノーフォークで借りていた小さなコテージで暮らしたいと言っているのか？」

「まさか」ダーシーは硬い声で答えた。「それは明らかに無理があるわ。でも、わたしは都会から離れた場所で赤ん坊を育てたいの」唇をなめると、ピッツァにのっていたケッパーの味がした。「草花に囲まれた、公園が近くにある場所。あなたが通勤できる場所。だからロンドンとあまり離れていなくてもいい、緑さえあれば」

レンツォはうなずき、小さな笑みを浮かべた。「なんとかなると思う」

「ありがとう」

ダーシーの声に震えを聞き取り、レンツォは顔をしかめた。「きみはもう休んだほうがいい。やつれた顔をしている」

「ええ」ダーシーはぎこちなく立ちあがり、ペルシャ絨毯の柔らかいシルクをはだしに感じながら部屋を突っ切った。だが誰にも話していないことをレンツォに打ち明けてしまったという懸念にもかかわらず、ダーシーは心がいっきに軽くなったことに驚いた。彼への感謝の気持ちさえこみあげ、愚かにも、彼がショックと嫌悪を顔に出さなかったことに安堵《あんど》した。今のダーシーの願いはただひとつ、ベッドの中で彼にぎゅっと抱き締められ、大丈夫だと慰めてもらうことだった。

ダーシーは目を閉じた。いいえ、わたしはそれ以上を望んでいる。もう一度親密な関係に戻れるかしら？　でも、身重の身で、それは可能なの？　妊娠に関する本には、よほど冒険的なことをしない限り、妊娠後期になればまったく問題ないと書かれていた。

ダーシーは歯を磨くあいだ、この数カ月間で初めて小さな希望を感じた。彼女は初夜に着た優美なナイトドレスをつかんだ。手が震え、光沢のある生地が指のあいだを滑り落ちる。そのドレスは美しいが、自分ではない誰かのように感じさせた。もう自分ではない誰かのように、と言うべきか。レンツォを、そして自分自身をリラックスさせたいのであれば、あまり肌を露出させないほうがいいんじゃない？　二人が置かれた状況を考えればなおさら。

ダーシーは腿が半分隠れるレンツォのＴシャツを着てキルトの下に潜りこみ、彼が来るのを待った。

だが、レンツォは来なかった。

ダーシーは暗い部屋を飛びまわる蚊のように煩わしい頭の中の思考を必死に追い払おうとしたが、いっこうに消え去る気配はなかった。

わたしは思いあがっていたの？　だってレンツォは結婚式に公の場でキスしたときを除き、わたしに近づきもしなかった。今まで考えもしなかったけれど、もし彼がもうわたしを求めていなかったら？　もうわたしに欲望を感じていなかったらどうするの？

ダーシーは上質なコットンのシーツ上で何度も寝返りを打ち、置き時計の針の動きを見つめた。やがて彼女の心拍数はリズミカルな針の音を追い越した。

十一時が過ぎ、十二時になった。一時になる直前、ダーシーは今にも押しつぶされそうな極度の疲労に屈した。

その夜、レンツォが何時にベッドに入ってきたのか、ダーシーは知らなかった。物音を聞いた覚えはなかった。

9

「それで……どう思う？」

壮麗な領主館《マナーハウス》の敷地に入ってから、レンツォはダーシーの横顔から目を離さなかった。近くの海から飛んできたカモメが頭上で鳴き、彼はかすかな潮の香りに気づいた。妻の巻き毛がそよ風に揺れ、陽光に照り映えている。なんて美しいのだろう。神々しいほどだ。そして、ほかの誰よりも一緒に多くの時間を過ごしてきた女性が最も謎めいているとはなんという皮肉だろう。

「ここがきみの家になった今も、ここで暮らすという気持ちに変わりはないか？」

ダーシーはゆっくりと横を向き、彼の視線を受け止めた。輝くエメラルド色の目には彼の理解できない感情が宿っている。

「正確には、わたしたちの家でしょう？」ダーシーは言った。「わたしたちの最初の家」

レンツォはかぶりを振った。「いや、ぼくの家ではない。ぼくは弁護士と話をし、不動産権利証はきみに譲渡された。ここはきみの家だ、ダーシー。正真正銘、きみのものだ」

一瞬ダーシーは沈黙し、眉根を寄せて驚きの目で彼を見た。「なぜわたしの家なの？わたしたちはローマで家のことを話し合い、イギリスに住むのがわたしたちにとって最善だという結論に達したはずよ」彼女は日増しに大きくなっていくおなかを撫《な》でた。「わたしたちみんなにとって」

ダーシーはわざと純朴にふるまっているのか？それとも並外れて賢いだけか？レンツォはひどく困惑し、対処法の糸口さえつかめなかった。女性経験は豊富でも、長期の関係を維持する方法は知らなかったからだ。今までは試みる必要がなかった。これまでの彼は立ち去るだけだった。しだいに退屈になり、女性側の要求が増えていくことにうんざりして。しかし、ダーシーのもとから去ることはできないし、そうしたいとも思わない。レンツォは赤ん坊が欲しかった。その思いがあまりに強すぎて我ながら恐ろしくなるくらいに。ほかの誰かのために建物を造ってきた男にとって、都会的で洗練されて冷めていると自覚している男にとって、この世で最も貴重なもの――命を創りだしたと感じる原始的な誇らしさはまったくの予想外だった。

だが、ダーシーは相変わらず彼には解決できない謎だった。彼女はローマのあの夜以来、レンツォとのあいだに一線を画している。あの夜、ダーシーは彼の知っていることをさらに詳しく話した。ダーシーが語った幼少期の過酷な体験は彼をぞっとさせた。

ダーシーが逃げるように寝室に戻ったあと、レンツォは口の中が苦くなるまでウィスキーを飲み、虚空を見据えて、彼女が打ち明けたことにどう対処するのが最善かを考えた。だが結局は、ほかの感情的な問題と同じ方法で対処するしかなかった。つまり棚上げだ。ファイルに保管し、ときどきは考えるが、なかなか手がまわらない問題と同じく。レンツォがベッドの片側にそっと滑りこむころ、彼女は眠りについていた。彼の大きすぎるTシャツを着て、近づかないでというシグナルを発していた。

翌朝は澄みきった青空が広がる美しい朝だった。二人は外出してコーヒーとクロワッサンの朝食をとり、そのあいだレンツォはダーシーの告白にひとことも触れず、彼女も同様だった。ダーシーはまたも自分の殻に閉じこり、レンツォはこの件に関しては彼女のペースで進めたほうがいいと感じた。さもないと、彼女を怖がらせてしまうだろう、と。

しかし、成果は出ていない。

最近のダーシーは、日中は警戒のまなざしを彼に送り、夜は相変わらずあの色気のないTシャツに体を包んで静かに横たわっている。息をひそめ、近づけるものなら近づいてみろと挑発するように。ぼくの対処法は間違っているのか？　これがほかの女性なら有無を言わさず抱き寄せ、彼女の欲望に火がつくまでキスするだろう。以前のように彼女がしがみついてくるまで。

だが、ダーシーは〝ほかの女性〟ではない。ぼくの妻だ。体は身重で心は不安定なときに、どうして強引に奪えるだろう？　彼女の肌はあまりに繊細に見える。磁器のようにもろい皮膚の下には青い網目模様の血管が浮き、息を吹きかけただけで跡がついてしまいそうだ。そして小柄のわりに、赤ん坊は巨大に見える。彼女の体は重力と常識に逆らっているかのようで、彼を驚嘆させ続けていた。この数週間、レンツォはニューヨークやパリへの出張を取りやめた。予定日にはまだ三週間あるとはいえ、陣痛が早く始まるのではないかと心配でたまらなかったからだ。

「中に入ろう」レンツォは新居の玄関を開けて一歩下がり、彼女を先に通した。すでに配達された二、三の家具があるだけのがらんとした室内に二人の足音が大きく響く。しかし春もまだ浅いというのに、寒くはなかった。今日が正式な所有者になってからの二人の初訪問だと知り、不動産業者が暖房をつけてくれたに違いない。背後でドアが閉まり、レンツォはまだダーシーが彼を困惑の目で見ていることに気づいた。

「なぜこの家をわたしの名義にしたの、レンツォ？　理由がわからない」

「きみには保険のようなものが必要だからだ。万一のときに家と呼べる場所が――」

「結婚がうまくいかなかったときに？」

「そのとおり」

ダーシーはようやく理解したようにうなずいた。顔からは血の気が失《う》せ、青白い肌を背景にした目は濃いエメラルドのように見える。

「でも、あなたは以前、離婚するつもりはないって――」

「確かに言った。だが、ぼくはこの状況が予想以上に難しくなる可能性を計算に入れていなかった」

「つまり、わたしと一緒にいるのがいやになるかもしれないと？」

「いや、そうじゃない」いらだたしげに否定したあと、レンツォの口から言葉がほとばしった。言うつもりのなかった言葉が。「ぼくがきみを激しく求めているのに、きみはもうぼくを求めていないからだ。最近のきみはいつもぼくの手の届かないところにいる」

ダーシーは驚きの目でレンツォを見つめた。まったく思いがけない言葉だった。つまりわたしがときどき彼の目に見たものは欲望だったの？　わたしが部屋に入ってくるたびに彼が体をこわばらせたのは性的な衝動の表れだったの？　だったら、どうして彼はわたしに触れなかったのかしら？　なぜわざと時間をずらしてベッドに入り、昼間は昼間でわたしを追い立てるようにせわしなく不動産巡りをしたの？　海から十二キロしか離れていないこのイースト・サセックスの家にわたしがひと目ぼれするまで。

実際、わたしが母のことをすべて打ち明けたローマのあの夜以来、レンツォはわたしに近づこうとしなかった。ダーシーの胃がねじれた。実際にはすべて打ち明けてはいない。事実を残らず口走らなくてよかったとあとで思った。たとえ努めて顔に出さなくても、彼は今まで聞いた話に嫌悪感をいだいているに違いない。そのうえあの話までしていたら、彼はどんな反応を示しただろう？　あの夜以来、わたしは夫婦の距離が広がったと思っていた。互いに警戒心をいだいている、と。わたしは夫に……近寄りがたさを感じていた。けれど、わたしがすべてを読み違えていたとしたら？　もしレンツォに敬遠されていなかったのなら、なぜわたしはこれほど受け身になって……彼が最初に動くのを待っていたの？　確かにレンツォは支配欲の強い尊大な男性だけれど、おなかの中の赤ん坊を気遣っていたのだと考えるのは決して不自然ではない。妊娠している女性との情事の経験は皆無だろうから。わたしは彼に多くを教わった。これはわたしが彼に何かを教えるチャンスじゃないの？

ダーシーはいきなりレンツォに歩み寄り、爪先立ちになって彼の口に唇を押しつけた。

レンツォはびくっとしたあと、ウエストに腕をまわして彼女を支えた。彼は即座にキスを深め、二人の舌が触れ合う。だが、ダーシーは脚が震えだす前に体を離した。

「だめよ、ここでは。この体勢では。上に行きましょう。横になったほうがいいわ」

「ベッドに行くのか？」

ダーシーは彼の手をつかみ、階段のほうに歩き始めた。「いけない？　偶然にも、ベッドは今この家にあるほぼ唯一の家具だわ」

古風なボート形のベッドは主寝室に配達されていて、ダーシーが配達業者に指示したとおり、マットレスを覆う分厚いビニールは取り外されていた。木製のキングサイズのベッドはほかに何もない寝室を占拠し、その上には刺繍《ししゅう》の施されたベッドカバーが折りたたまれた状態で置かれている。二人でローマの骨董市《こっとういち》を巡った際に見つけたものだ。それをそこに置いてほしいと頼んだわけではなかったが、これから起きることをあと押ししているように見えた。

「服を脱いで」ダーシーはささやき、自らもコートを脱いで床に落とした。

ジャケット、セーター、ズボンと順に脱ぐあいだ、レンツォは彼女の顔から目を離さなかった。またたく間に二人の服がベッド脇の床に山を作り、ついにダーシーは一糸まとわぬ身で彼の前に立った。突き出たおなかが不格好に思えたが、レンツォの目に輝く欲望が恥ずかしさを消し去った。

「自分が巨体になった気がするわ」

「巨体ではない」レンツォはかすれた声で言った。「きみは美しい。熟しておいしそうだ。今にも木から落ちそうな果実のように」

ダーシーはレンツォの言葉に震え、彼の腕にすっぽりと包まれた。

「きみの体は冷たいな」レンツォは言った。

ダーシーはかぶりを振った。彼の言葉の魔法にまだ頭がくらくらしている。「冷たくないわ。興奮しているの」

「ぼくもだ」レンツォは低く笑い、ベッドカバーをマットレスの上に広げた。

「まるでピクニックに来たみたい」ダーシーの声にはかすかな不安がにじんでいた。

「まさにぼくはその心境だ。これからきみというごちそうを味わうんだからな」だが二人の素肌が久しぶりに触れ合うと、レンツォは急に暗い顔をしてうめき声をあげた。「これはぼくの手に余る。妊婦と愛し合ったことは一度もないんだ。きみを傷つけるのが怖い。どうすればいいのか教えてくれ」

「ただキスをして」ダーシーはささやいた。

二人の体がマットレスに沈みこむ。「あとはその場その場で決めましょう」

レンツォはじっくりキスをした。最初は撫でるように優しく、しだいに深く熱く。しばらくのあいだ、怒っているかのような激しいキスが続いた。長いこと自分を遠ざけていた彼女を罰するような。しかし怒りはすぐに消え、探索のキスへと変わった。二人は舌を駆使した官能的なゲームを始めた。

次にレンツォは彼女に触れだした。ダーシーはたちまち喜びの声をもらした。ひとりぼっちの寂しい夜に、来ない夫を待ち続け、どれほど彼に触れてほしいと願ったことか。

最初レンツォはただ手のひらを彼女の体に這《は》わせるだけだった。最後に愛し合ったときとは違う輪郭やふくらんだ曲線を慈しむかのように。優しい指先に体のすみずみまで撫でられ、ダーシーの全神経が生き生きと目覚めていく。レンツォは親指で胸のまわりにゆっくりと円を描き、敏感になった頂を口に含んで、彼女がいらだちと切望に身もだえするまで甘美な拷問を加えた。

ダーシーは、じっくりと時間をかけてほしいと思うと同時に、早く奪ってほしかった。レンツォがのんびりと下腹部を探索するころには、すでに充分に準備が整っていた。

レンツォは彼女の目を見つめ、大きな腹部に触れた。黒い目で彼女の表情をうかがいながら尋ねる。「大丈夫か？」

「大丈夫、いえ、それ以上よ」ダーシーはかすれた声で答えた。レンツォの指が秘めやかな場所に入りこむと、彼女は喜びのあえぎ声をもらさずにはいられなかった。官能のにおいが室内を満たしていく。

ダーシーは手を伸ばした。すでに喜びはあまりに強烈で、まともに考えることができない。レンツォの豊かな黒髪に指を絡ませたあと、たくましい体に貪欲に取り組んだ。肩幅は広く、胸の筋肉は鉄のように固い。その胸から下へと指を滑らせていくと、岩のような腹筋を感じた。肌は油を塗ったシルクのようだ。さらに下へと手を這わせ、欲望のあかしを包みこむ。

だがそのとき、レンツォがかぶりを振って警告し、ダーシーの指を引きはがした。

「あまりに長かった」レンツォはおぼつかな

い声で言った。

「そのとおりよ！」

「一刻も早くきみが欲しい。頭がおかしくなる前に。ぼくは……どうすればいい？」

それに応えてダーシーは横向きになり、ヒップを彼の高まりに押しつけて誘った。「これでいいんじゃないかしら？」

「だが、きみの顔が見えない」

「気にしないで。今までそれを気にしたことはないはずよ。さあ」ダーシーはもう一度ヒップを小刻みに動かした。レンツォのうめき声を聞くと同時に、彼の熱い高まりを感じる。

「今はただわたしを感じて。わたしを見るのはあとでもできるでしょう」

レンツォは低く笑い、ダーシーの中に入るなり、イタリア語で何やらつぶやいた。しかしレンツォがあげた長いうめき声は、ダーシーが一度も聞いたことがない歓喜に満ちあふれていた。

「大丈夫か？」レンツォは完全に動きを止めてから尋ねた。

「それ以上よ」ダーシーはあえぎながら繰り返した。

「痛くないか？」

「いいえ。でも、かなりじれったいわね」

緊張感を帯びた笑い声をあげたあと、レンツォは動き始めた。スローモーションのようにゆっくりと。大きな胸を手のひらで包み、唇をうなじに押し当てて、厚い髪のカーテン越しにキスをしながら。ダーシーは目を閉じて興奮に身をゆだね、これは二人が真に対等だと感じる唯一の時間であることさえ忘れた。体の中でずきずきと脈打つ喜びの律動以外のすべてを忘れた。レンツォと愛し合うたびに感じる情熱の高みへとのぼりつめていく感覚以外のすべてを。

強烈な熱が押し寄せてくる。ダーシーはクライマックスが近いのを感じた。猛烈な速さで突き進んでくる列車のように、もはや避けられない。それを食い止めたい気持ちもあるが、できるだけ長く甘美な期待を持続したくもある。だが、ダーシーは彼もぎりぎりで踏みとどまっているのを感じた。今まで何度も愛し合ったが、そういうことに気づいたのは初めてだった。

ダーシーはいっきに自らを解き放った。喜びの波が次々と打ち寄せてくる。レンツォの動きがにわかに速くなり、切迫感を伴ってより深く彼女を貫く。ついに彼は身を震わせ、情熱を爆発させた。

二人はぐったりとして余韻に浸っていた。汗ばんだ肌が触れ合い、親密な空気を醸し出す。ダーシーは深い充足感を貪りながら、この満ち足りた幕間《まくあい》にレンツォは何を言うだろうかと考えた。愛し合い始めたときの彼のつぶやきを夢見心地で思い出し、心のどこかで彼の言葉に期待する。けれど、いざそれが発せられると、繊細なシルクをナイフで切り裂かれるように、気だるい充足感が無残に切り裂かれた。

「それで……これはぼくへの褒美ということか、いとしい人《カーラ》？」レンツォは静かに尋ねた。

次の瞬間、ダーシーは体を引きはがした。不意に動悸《どうき》が激しくなり、振り返って彼を見ようとした。身重の体で振り返るのは意外と大変で、我ながら鈍い動きが恥ずかしい。急によそよそしくなったように思える黒い目に裸身をさらしている場合はなおさら。彼の言葉を深読みする必要はない、とダーシーは自分に言い聞かせた。いつも最悪のことを考える必要はない。彼はわたしを欲しいと、欲望を感じていると言ったでしょう？だったら、それを受け入れるのよ。

「わたしの意見は違うわ」ダーシーは明るく言った。

「へえ？」レンツォは仰向けになり、あくびをした。「つまり、これは自分名義の家を買ってもらったことへのきみの感謝のしるしではないのか？長年切望していたに違いない自立をようやく手に入れたことへの」

レンツォの言葉の意味を理解し、ダーシーは凍りついた。胸の中で不穏な暗い潮流が渦を巻き始める。ダーシーはベッドの端を手探りし、コートをつかんで裸の体を覆った。

「はっきりさせましょう」ダーシーの声は震えていた。「わたしが頼んでもいない法外な贈り物をもらったから、あなたとベッドをともにした――そう思っているの？」

「ぼくにはわからない」

レンツォの口調が変わった。金槌《かなづち》で釘《くぎ》を打ちつけるような硬い響きだ。そして目は冷ややかだった。冬の路上で見かける氷のように。

「ぼくはきみのことがわからない。ときどきわかったような気もするが、まったくわからなくなるときもある」

「でも、男と女の関係って、すべてそういうものなんじゃない？」ダーシーは恐怖をのみこんで尋ねた。「頭の中を全部見られるのはギロチンに頭を置くようなものだ――そんな歌がなかったかしら？」

レンツォの目が険しくなった。「もしぼくがきみに対して寛容になると約束したら、今きみは頭の中にあるものを洗いざらいぼくにさらけ出してくれるか？」

ダーシーは反応しなかった。自分の過去を残らず打ち明けることはできる。実際レンツォ以外の男性にならそうするかもしれない。だが、彼はすでにわたしを侮辱した。この家を買ってもらったお礼にセックスしたのかと尋ねることによって。結局、彼にとってこれはすべて取り引きで、ほかの何かがあると信じようとはしないのだ。レンツォはセックスを物々交換の手段と考えている。なぜなら精神的に女性を好きなわけではないから。かなり前、彼自身がそう言った。彼はわたしを求めているが、信頼はしていない。もし最大の秘密を告白することで信頼を得ようとしているのなら、それはあまりに大きな賭けではないかしら？

「不思議でたまらない。あなたは幸福の芽をことごとく摘み取ろうと決意しているように見える。どうして？」ダーシーは低い声で言った。「わたしたちはすてきな新居を手に入れ、もうすぐ赤ん坊が生まれる。二人とも健康で、お互いを激しく求めている。わたしたちの体の相性は抜群にいい。単純にすばらしいセックスを楽しむことはできないの？」

レンツォは焼き尽くすような目でしばらく彼女を見つめ、やがてうなずいた。手がウエストに巻きついて、彼女を引き寄せる。ダーシーは彼の力強い鼓動を感じた。

「わかった」レンツォは彼女の髪をそっと撫でた。「そうしよう。すまない。あんなことは言うべきではなかった。ぼくにとってはすべてが目新しすぎて、つい疑心暗鬼になってしまうんだ」

ダーシーは無言でうなずき、罪の意識と涙を押しのけた。彼女の望みは夫や子供とのまともな生活だけだった。今まで持てなかったものが欲しい。それは分不相応な望みだろうか？　レンツォの手が彼女の髪からうなじへと移り、指先が背骨をそっと這い下りると、ダーシーの緊張は少しほどけた。わたしはいい妻になりたい。それには言葉より行動で示す必要がある。

レンツォは身を乗り出し、黒い目を輝かせて顔を近づけた。「疲れたか？」

ダーシーはかぶりを振った。「いいえ、少しも。なぜ？」

レンツォは親指で彼女の上唇をなぞり、悲しげな笑みを浮かべた。ダーシーは彼の体が張りつめるのを感じた。

「もう一度きみが欲しいからさ」

10

何かおかしいと感じたのは月曜の午前中だった。ダーシーは、初めは考えすぎだと思った。空を見上げ、嵐を告げる最初の重い雨粒を想像するようなものだと。

レンツォはロンドンにいた。自分が引き受けた東京の美術館の建築デザインを記者会見の場で発表するため、夜明けに家を出た。一緒に来るかときかれたが、ダーシーは家にいることを選んだ。そして庭で洗濯物を干していたとき、彼の秘書から電話がかかってきて、昼食時に在宅しているかと尋ねられたのだ。

ダーシーは眉をひそめた。奇妙な質問だ。たとえ家にいなくても、彼女は地元の村より遠くには行かないし、遠出したとしても近くの海辺の町ブライトンまでだ。レンツォはそれを知っている。妊娠中の女性は巣作りをしたがるという話は完全に事実で、ダーシーは赤ん坊が生まれるのを待つあいだ、家の中を居心地よく整えることに余念がなかった。巣作りの本能は、人生とはいいものだと感じさせてくれる。たとえときどき思い出したように罪悪感で胸が痛むことはあっても。夫はわたしの最大最悪の秘密を知らないままだ。でも、あえて話して波風を立てる必要はない。レンツォがわたしを哀れむことによって、うまくいっているものを台なしにするなんてばかげている。

張ったおなかに手のひらを置き、ダーシーは秘書の質問について考えた。「ええ、昼食時には家にいるわ。なぜ？」

「シニョール・サバティーニに確認してほしいと言われたものですから」

ダーシーは眉間に皺《しわ》を寄せた。「何かあったの？　レンツォはそこにいる？　直接彼と話ができるかしら？」

「今は無理だと思います」秘書の口調はなめらかだが、決然としていた。「会議に出席されていますので。正午過ぎには家にお戻りになるとおっしゃっていました」

不意に忍び寄ってきた不安を追い払おうとして、ダーシーは受話器を置き、単に電話がいやな過去を思い出させるだけだと自分に言い聞かせた。今の秘書は、以前レンツォに妊娠を告げるために連絡を取ろうとした彼女の試みを妨害した秘書ではなかった。あの秘書はライバル企業にもっと好待遇で引き抜かれたと聞いていたが、ダーシーはレンツォが手をまわしたのではないかと疑っていた。レンツォは彼女と同じく、あのことを過去にしたいのだ。

だから、ありもしない問題を勝手に想像するのはやめなさい。

とはいえ、どれほど楽天的になろうとしても無駄だった。胸に根づいた不安を振り払うことはできない。ダーシーは家の中に入り、残った洗濯ばさみを片づけた。億万長者の夫はよくそのことで彼女をからかう。洗濯物を外に干すのは庶民的だと言われたが、ダーシーはかまわないと答えた。レンツォは家政婦を雇いたいようだった。さらに、ダーシー専属の運転手もいたほうがいいと思っている。今は彼女が選んだ大衆車を自ら運転しているが、それはレンツォの流儀ではない。億万長者と結婚した彼女の特権は、今のところ、近くに住んでいていつでも求めに応じて来てくれる助産師がいることだけだ。

だが、ダーシーは地に足がついた生活がしたかった。現実の生活は唯一の頼みの綱だから。レンツォの莫大《ばくだい》な富と力にもかかわらず、ダーシーはできるだけ自分たちを普通の家族にしたかった。結婚を強要されたときには渋ったものの、今の彼女はこの結婚を絶対に破綻させたくなかった。赤ん坊がいるからというだけではない。二人が不幸な子供時代を送ったからでもない。ダーシーは窓の外に目をやり、風にはためくシルクのシャツを見つめた。この結婚を成功させたいと切実に願う理由――それは、わたしがレンツォを愛しているからだ。

ダーシーははっとした。

彼を愛している……。

それがわかったのは、ある朝目覚め、隣でまだ眠っているレンツォを見たときだった。眠っている彼からは近寄りがたさが薄れていたが、美しさは少しも変わっていなかった。浅黒い顔は穏やかで、官能的な唇は緩んでいた。黒いまつげがブロンズ色の肌に影を落とし、前夜ダーシーがくしゃくしゃにした髪はまだ乱れていた。彼女はそのとき胸にこみあげた強烈な感情をまざまざと思い出した。なぜ今までレンツォへの愛を認めずにいられたのか不思議だった。

ずっと彼を愛していたというのに。混雑し

たナイトクラブで、自分以外の女性には目もくれない男性を見た瞬間から、心をわしづかみにされていた。尊大で油断ならず、どう見ても気難しいにもかかわらず、人生で初めて彼女の情熱をかきたてた唯一の男性。そしてもし運命が、正しく言えば妊娠が、情熱を愛に進化させる機会を与えてくれたのなら、わたしはそれを最大限に活用しなければならない。レンツォはわたしと同じように感じていないかもしれないが、それは重要ではない。わたしが二人分以上の愛を持っているから。これからは子供の母親としてだけでなく、彼のパートナーとしても不可欠な存在になるため、友情、敬意、情熱に重きを置こう。そしてそれがあれば充分だと自分に言い聞かせるのだ。もしどうしてもそれ以上のものが欲しくなったら……自分が今持っているものを認識し、幻想を追うのをやめるすべを学ばなくては。

　次の一時間、ダーシーはバジルの葉とニンニクをすりつぶし、新婚旅行の最後の夜にローマで食べたペストソースを再現しようと試みた。それから水仙を摘《つ》んで花瓶に生け、紅茶を飲みながら黄色のかわいい花を愛《め》でた。

　玄関のドアがたたきつけられる音を聞いたのはそのときだった。

「わたしはここよ！」ダーシーは叫んだ。ドア口に現れた夫のいかめしい表情を見たとたん、歓迎の笑みと言葉は口から消え、震える手でカップを置いた。「どうしたの？」

レンツォは何も答えない。ダーシーの恐れは増すばかりだった。こぶしを握った彼の手の関節が白くなり、乱れたひと筋の黒髪の下でこめかみが脈打っている。ダーシーはただならぬ気配を感じ取った。彼は平静を保とうと格闘しているように見える。

「レンツォ、何かあったの？」

レンツォは冷たく険しい目でダーシーを見た。「ききたいのはぼくのほうだ」

「怖いわ、レンツォ。なんなの？　さっぱりわからない」

「ぼくもわからなかった」レンツォは苦々しく笑った。「だが、突然わかった」

レンツォはポケットから封筒を取り出し、テーブルに放り投げた。皺だらけだ。手の中で握りつぶし、心変わりして再び伸ばしたかのように。その質の悪い紙にはレンツォの名が印刷されていた。誰が書いたにしろ、名字のスペルが間違っている。ダーシーはとっさに見て取った。

レンツォは口をゆがめた。「きみの友人からの手紙だ」

「どの友人？」

「どの友人かわかるまで、さほど時間はかかるまい。きみにあまり多くの友人はいないようだからな。以前はその理由がわからなかったが、今はわかっている」

　そのときダーシーは気づいた。レンツォの顔には、彼女が過去に何度も多くの人の顔に見てきた表情が浮かんでいた。ダーシーは刺されたような痛みを胸に感じ、自分のつかの間の普通の生活は終わったのだと確信した。

「なんて書いてあるの？」

「きみはどう思う？」

「教えて」わたしは刑の執行猶予を願っているの？　昔わたしが警官に嘘《うそ》をついたとか、母に家から出るのを禁じられてまるまる三カ月間、学校に行かなかったとか、そのようなことを誰かが彼に書き送ったのであってほしい――そう願っているの？　ダーシーは唇をなめて彼を見た。「お願い」

　レンツォはさげすむようにまたも口元をゆがめ、封筒から皺だらけの紙を取り出して読み始めた。彼はすでに一字一句暗記しているのではないかと、なぜかダーシーは思った。

〝パミー・デントンが売春婦だったことを知っているか？　マンチェスターでいちばん多く客を取っていた売春婦さ。あんたの女房にきいてみろ〟

　レンツォは紙を置いた。「粗い文字で印刷されているから、筆跡に見覚えはないかと尋ねても無駄だろうが、ぼくはドレーク・ブラッドリーに違いないと思っている。浅はかにも、このことを公表すると言って脅迫するつもりに違いない。そう思わないか？」彼は冷ややかに同意を求めた。

ほかの誰かが相手なら、ダーシーは心のドアをぴしゃりと閉め、そのことは話したくないと言ったはずだ。それが過去の恥辱に対処する唯一の方法だから。だが、今はそうはいかない。レンツォは彼女の夫なのだ。生まれてくる赤ん坊の父親でもある。薄汚い事実をほうきで掃いて絨毯《じゅうたん》の下に隠し、相手が去ってくれるのを願うわけにはいかなかった。

そして今こそ、その事実から逃げるのをやめるときかもしれない。過去の罪悪から創りだされた人間ではなく、今現在の自分になる勇気を持つときかも。心臓が早鐘を打ち、口の中が急速に乾いていく。今こそ、ずっと前に言うべきだったかもしれないことを彼に打ち明ける勇気を持たなくては。

「説明させて」ダーシーは深々と息を吸った。

レンツォは不可解な表情を浮かべ、冷蔵庫を開けてビールを一本取り出した。ダーシーは驚いた。冷静で自制心の強いレンツォ・サバティーニは決して昼間に酒を飲まないからだ。

「どうぞご自由に」レンツォは蓋を放り投げ、中身をグラスについだ。だが彼はそれをテーブルに置いて手をつけず、窓枠に寄りかかって相変わらず冷ややかな目でダーシーを見つめた。「うまく釈明してくれ」

ある意味、レンツォが怒っているのなら、説明するのはもっと楽だったかもしれない。もし彼に非難を浴びせられたら、真正面から向き合うことができただろう。彼の怒りに反論し、必ずしも納得させられるとは思わないが、わたしの立場になって考えてみてほしいと心から訴えることができた。けれど、これは簡単ではない。あんな目でレンツォに見つめられている場合は。石と会話しようとするのも同然だ。

「わたしの母は売春婦だった」

「その事実はすでに確定済みだし、ぼくは売春婦がどんな仕事かも知っている」レンツォは言った。「それで、きみが説明したいこととはなんだ？」

ダーシーが思った以上に状況は悲惨だった。なぜなら彼の中に怒りはあるが、それは静かで不気味でぞっとする怒りだったから。目の前にいるのはほとんどダーシーの知らない男性だった。彼の体は分厚い霜で覆われているように見えた。血ではなく、液状の氷が彼の血管を流れている気がした。

ダーシーは彼を見つめ、その事実を打ち明けられなかった自分の気持ちを説明したかった。自分とレンツォのあいだには何かがあるという確信にしがみつこうとした。得るために奮闘する価値のある何かが。けれど、ダーシーは心の底ではわかっていた。レンツォは親としての責任こそ真摯に受け止めはしたが、もし赤ん坊がいなかったら結婚はおろか、わたしと一緒にいることさえ考えなかっただろう、と。

「母は麻薬中毒だったの。それは話したわね。薬は高額で――」

「だが、女性には体を売るという方法があると?」レンツォは辛辣に口を挟んだ。

ダーシーはうなずいた。もはや引き返すことはできない。レンツォには事実を話す必要がある。他人にはおろか、自分自身にも認めることができなかった残酷な事実を。

「ええ」ダーシーは答えた。「容姿が衰えるまではね。麻薬に手を出すと、それは意外に早く訪れるの。母は若いころはきれいだったけれど、美貌は急速に衰えていった。髪が抜け落ち、それから……」

ダーシーは同じ学校の子供たちにからかわれたことを思い出し、赤面した。これをレンツォに話すことは決してないと思っていたが、今は話さなければならないとわかっていた。この期に及んで、なぜ母の記憶を守ろうとするの? 腕に注射針を突き刺すことが習慣となった多くの人と同じように、母の以前の面影は跡形もなく消え、破壊されたというのに。

「それから、歯も」ダーシーは弱々しい声でなんとか言葉を継ぎ、膝の上で組んだ指を見下ろした。「それは終わりの始まりだった。

母は麻薬でハイになるたびに入れ歯をなくしていた。それでもまだ客を獲得することはできた。客の水準はいっきに悪化したけれど。当然ながら、母が請求できる金額もいっきに少なくなった」

それは本当に恐ろしい時期だった。気が散って勉強どころではなかったが、ダーシーは夕方になっても学校から帰りたくなかった。家でどんな光景が待ち受けているのか予想もつかない。母だけでなく自分までいやらしい目で見る男がいる場合はとりわけ怖かった。ダーシーの男性不信が始まったのはそこからだ。もし情け深い民生委員が介入してくれなかったら、何が起きていたかわからない。大半の人にとって養護施設に戻ることは終焉《しゅうえん》を意味したが、彼女には救済のように感じられた。

「悪夢だ」彼はきっぱりと言った。

レンツォの機嫌が一変したのを感じ、ダーシーははっとして顔を上げたが、彼の冷ややかな表情にまったく変化がないのを見て、胸に芽生えた希望はたちまちついえた。「まさにそうだった。できればあなたには理解してほしい――」

「いや」レンツォは不意に遮った。「ぼくに理解する気はない。もう金輪際。この手紙を受け取ったとき、何かが壊れた」

「ショックを受けたことはわかるけど――」

レンツォはかぶりを振った。「違う。ショックの話をしているわけではない。人間の行動にショックはつきものだ。ぼくは信頼の話をしている」

「信頼？」

「そうだ。困惑しているようだな。その言葉はきみにとってそれほど異質の概念か？」レンツォの口元がゆがんだ。「そうに違いない。ぼくはきみに尋ねたはずだ。一度ではなく二度、ほかにぼくに隠していることはないかと尋ねた。ぼくはこれで互いに隠し立てのない新たな関係を築いていけると思った。嘘にまみれた環境ではなく、誠実な環境でぼくたちの子供を育てることができると」


ダーシーは唇をなめた。「でも、わたしが話さなかった理由はわかるでしょう？」

「いや、わからない。ぼくはきみの母親が麻薬中毒であることを知っていた。麻薬を買う金をどうやって作っていたかを聞いたら、ぼくがきみを批判すると思ったのか？」

「思ったわ。当然でしょう？ だってわたしはそれを知ったすべての人に見下されてきたのよ。マンチェスターでいちばん汚れた売春婦の娘とはやし立てられ、蛙《かえる》の子は蛙だと噂《うわさ》された。みんながわたしをあざ笑ったわ。後ろから笑い声が聞こえるの。民生委員は慰めてくれた。あなたが美人だから、みんなはあなたの弱点を突いておとしめようとしているんだって。たとえそう言われても、傷は癒えなかった。だからわたしはロンドンに出てきたし、あなたに会う前は男性と親密な関係にならなかったの」

「それでぼくからの贈り物を受け入れなかったのか?」レンツォはおもむろに言った。

「そうよ!」ダーシーはその言葉に飛びついた。とても突き通せそうにないレンツォの頑強な鎧《よろい》に小さなひび割れを必死で見つけようとして。自分に希望を与える理解の光を彼の目に見つけたくて。

けれど見つからなかった。ひとかけらも。

「ぼくは秘密とともに生きることはできない。わかるだろう、ダーシー?」

「でも、もう秘密はないわ。もうすべてを打ち明けた」被告席の容疑者のように言い分を述べ立てるあいだ、ダーシーの心臓はけたたましく打ち続けた。「二度とあなたに嘘をつく必要もない」

レンツォは再びかぶりを振った。「きみは全然わかっていない」疲れたような口調で言う。「ぼくの子供時代は秘密と嘘で汚れていた。前に話しただろう? そのとき、女性に不信感を持っているという話もしたはずだ。そのぼくがどうして再びきみを信用できるんだ? はっきり言って無理だ」彼は苦々しく笑った。「もっとはっきり言うと、信用したくもない」

ダーシーは言い返そうとした。あなただって最初はわたしを信用していなかったじゃないの、と。わたしの妊娠を知ったとき、あなたはどういう反応をしたか覚えている？　そして病院のベッドに横たわったわたしに疑いの質問を浴びせた。この家で初めて関係を持ったときも、あなたは家を買ってもらったお礼だろうと言ったでしょう？

だが、数々の非難は言葉にならなかった。言っても無駄だから。わたしが何をやろうと、何を言おうと意味がない。彼の中で何かが死んでしまった以上。ダーシーは彼のうつろな目を見てそれを知った。

「それで、あなたはどうしたいの？」

レンツォはようやくビールのグラスを持ち、いっきに飲み干して、からっぽのグラスをテーブルに置いた。「ぼくはロンドンに戻る」

その口調には苦々しさがあった。「今はきみのそばにいるのが耐えられない」

「レンツォ――」

「もう何も言うな。頼む。互いに威厳を保とうじゃないか？　あとで悔やむようなことを言うのはやめよう。ぼくたちはまだ子供を養育しなければならないのだから。それについては正式な同意書を作ることになるだろうが、今すぐ話し合いが必要なわけじゃない。ぼくが不当な仕打ちをする人間でないことはわかってくれていると思う」

ダーシーはその場に倒れそうになった。この状況をさらに悪くしたのはレンツォの声が急にひび割れたことだ。あたかもわたしと同じくらい傷ついているように。だけど、そんなことありえないでしょう？　彼が傷ついているはずがない。わたしの胸を焼き尽くし、粉々に砕きそうなこの恐ろしい痛みを共有できる人は誰もいない。

「ぼくが雇った助産師との契約は継続する」レンツォは言った。「ここに来る車の中で電話をかけて状況を説明したら、彼女は別館に引っ越してもいいと言ってくれた。もしきみが安心するなら」

「安心できるわけないわ！」ダーシーは感情を爆発させた。「まったく知らない人と一緒に暮らすなんてまっぴらよ」

レンツォはせせら笑った。「そうだな。きみがそれを望むとは思えない。ぼくも知らない人と一緒に暮らすことは強く勧めない」

そう言うなり、レンツォは背中を向けて歩きだし、ドアを閉めた。ダーシーはふらふらと立ちあがり、庭の小道を歩いて物干しロープの横を通り過ぎる彼を見つめた。彼女のシャツの両袖が風に吹かれ、レンツォに向かってはためく。彼を引き止めようとするかのように。ダーシーはそうしてほしいと強く願った。臨月の重い体で彼のあとを追い、上質なイタリア製のスーツの袖をつかんで、懇願したかった。もう一度チャンスをちょうだい、お願い行かないで、と。

だが、プライドが許さなかった。それは今のダーシーが持っている唯一の力だった。

だからダーシーは去っていく彼を見つめた。陽光を浴びた黒髪を青光りさせ、顎をこわばらせて高級車に乗りこむレンツォを。彼はまっすぐ前方を見据えてダーシーに一瞥《いちべつ》もくれず、行かないでと目で訴えるチャンスさえ与えなかった。

レンツォ・サバティーニが彼女の人生から去ったときにダーシーが見たものは、人を寄せつけない厳しい横顔だけだった。

11

レンツォが去ったあと、寂寥《せきりょう》がダーシーを襲った。真冬の海辺で激しい波に打たれるような寒々しい寂寥感が。彼の車が視界から消えたとき、ダーシーはよろめいて窓から離れ、なんとか落ち着こうとした。今は赤ん坊のことを第一に考える必要がある。わたしにはもうこの子しかいない。おなかの中の無垢《むく》な命を守らなければ。

つかの間ダーシーは目を閉じ、レンツォに

知られた事実について考えた。母が低級売春婦だったという恥ずべき事実について。わたしは祖母がそういう女性だったことを息子に話さざるをえないの？　けれど、もしわたしと息子のあいだに充分な愛と信頼があれば、何事も可能だろう。

本当に？　ダーシーの頭は混乱した。確かなことはもう何もないように思える。夫の怒りは理解できたが、あれほどの拒絶を示すとは予想だにしなかった。彼の制御された反応には驚かなかったが、別のことには驚いた。無残な事実を知ったあと、彼が富と力を振りかざしてわたしを脅さなかったことだ。もっと冷酷な男性なら、赤ん坊の母親としての役目を放棄するよう圧力をかけたんじゃないかしら？

ダーシーは額の汗を拭い、座るべきだとわかっていても室内を行ったり来たりして、雑然とした頭の中を整理しようと試みた。

たぶんレンツォはわたしが恥ずかしい秘密を隠したがった理由を理解しているはずだ。過去の屈辱のせいでわたしが誰も信頼できなくなった理由も。彼が誰も信頼できなくなったように。

でも、レンツォはわたしを信頼してくれたでしょう？

そこに思い当たり、ダーシーは頭を殴られたような衝撃に見舞われた。

彼は何度わたしを信頼してくれた？

ピルの服用をわたしに任せ、たとえ避妊に失敗しても、わたしの説明を信じてくれた。

初めて一緒にトスカーナに旅行したときも、誰にも話していないことをわたしに打ち明けてくれた。イギリスに戻ったあとは、アパートメントの鍵をわたしに預けた。言葉で説得しなかったのは、それが安易だからではないだろうか？　心にもない甘言を弄して女性をその気にさせることは誰にでもできる。けれどレンツォの行動には信頼と敬意があった。それは愛ではないかもしれないが、一位に限りなく近い二位だ。わたしはそれを台なしにしてしまった。


ダーシーの目に涙がこみあげ、見つめる花瓶の水仙が黄色くぼやけた。わたしは彼を信じるのを拒み、彼の信頼を台なしにしたのだ。ずっと昔、警官に質問されたときに築いた防御の壁をどうしても壊せなくて。母が刑務所に入れられるのが怖くて事実が言えなかったときに。レンツォは母が麻薬中毒だと知ってもわたしを批判しなかった。母が売春婦でもわたしを批判しなかっただろう。レンツォがいかめしい顔で背を向けたのはわたしが彼を欺いたせいだ。秘密を打ち明けるチャンスは何度もあったのに、わたしは隠し続けた。

だったら、どうするつもり？　ダーシーは窓の外のまぶしい青空を見つめて自問した。

自分をあざ笑うかのような青空を。助産師とともにここにとどまり、赤ん坊が生まれるのを待つの？　自分に訪れた最高の出来事を破壊したという深い悔恨とともに、毎日を過ごすの？　それとも、勇気を振り絞ってレンツォに会いに行く？　言い訳や懇願をするのではなく、自分が傷つくのを覚悟で彼に思いの丈をぶつける？　もっとずっと前に彼に言うべきだったことを。もう手遅れかもしれない。だけど、もしかしたら彼はわたしを許してくれるかもしれない。

ダーシーは車の鍵をつかんでガレージに行き、妊婦のリラックス講座で教わったように何度も深呼吸をして自分を落ち着かせ、車を出した。自分にはかけがえのない大切な同乗者がいる。慎重に運転できないのなら、ロンドンまで行くべきではない。

クラッチを離し、車を発進させる。恐れを感じても不思議はないが、これほど集中し、これほど心を強く持ったことはなかった。田舎道から都会の道路に入っても、ダーシーはしっかりと車の往来に注意を向けていた。カーナビに感謝し、交通量の多いロンドンの通りに入る。だがサバティーニ・インターナショナル本社の高層ビルの前に車を止めたとき、ダーシーの手は震えていた。縁石に車を置いて降り、ロビーに入ろうとすると、警備員がやってきて行く手を遮った。

「そこは駐車禁止ですよ、お嬢さん」

「あら、堅いことを言わないで。それにわたしはお嬢さんじゃなくて奥さんよ。あるいはシニョーラと呼んでもらえる？　夫がこのビルの所有者なの。だから大目に見てもらえない？」目を見張った警備員にこわばった笑みを向け、ダーシーは車の鍵を渡した。「車を移動させてくださる？　レンツォが違反切符を切られるのはいやだから」

最上階直通のエレベーターに向かう途中、多くの視線を感じたが、驚きはしなかった。秀才風の冷めた顔つきの社員たちの中にぼさぼさ頭の臨月の妊婦が混じっていたら、ちょっとした話題になって当然だ。


エレベーターは急上昇し、三十二階まで一気に彼女を運んだ。レンツォの秘書はあらかじめ警告されていたに違いない。ただちにダーシーの前に立ちはだかり、こわばった笑みを浮かべた。

「ミセス・サバティーニ、お通しすることはできません。今ご主人は予定がぎっしりつまっているんです」

昔のダーシーなら弱気になり、レンツォの手が空いたら連絡してほしいという伝言を残し、慌てて引き返したかもしれない。だが、今のダーシーは違った。彼女は過酷な人生においで多くのことに打ち勝ってきた。子供が見るべきではないものを見てきたが、忌まわしい過去を乗り越えてきた。けれど……。

けれど、それでもわたしはまだ過去から抜け出せていなかったのでは？　過去の扉を閉めてそこから去るのではなく、過去に強い影響を受けて生きてきたのだ。

でも、もうそれも終わり。

「見ていてごらんなさい」ダーシーは絨毯《じゅうたん》の敷かれた室内を突っ切り、秘書の抗議の声を無視してレンツォのオフィスに向かった。

ドアを開け、長い会議用テーブルの上座に座ったレンツォを見る。部屋にはほかに六人の男性がいて、彼の言葉に耳を傾けていた。

しかし顔を上げてダーシーを見た瞬間、レンツォの言葉は途切れた。滑稽にも六人の顔がいっせいに彼女のほうを向いたが、ダーシーは彼らにまったく注意を払わなかった。夫の目を見つめるのに忙しかったからだ。深く暗い湖のような目には氷の炎しか映っていない。

それでもダーシーは気を強く持った。精いっぱい強く。

「ダーシー」レンツォは目をとがらせた。

「今が都合のいい時間でないことは承知のうえよ」ダーシーは追い払われる前に先手を打ち、その場で仁王立ちになった。「でもどうしてもあなたと話す必要があるの、レンツォ。この方たちが退出に同意してくれたら、会議の日程を組み直せるわ」

まるで見えない糸で操られるように六人の

顔がレンツォのほうを向き、指示を求めた。

レンツォは肩をすくめた。「このレディの言うことを聞いただろう」

六人が彼女に好奇の視線を投げかけて部屋を出るあいだ、ダーシーの心臓は早鐘を打っていたが、レンツォは身じろぎひとつしなかった。顔は完全に無表情だ。だが、不意に指だけが動き、ペンをテーブルにたたきつけた。会議を妨害されて怒っているのだ。

「それで、なんの用だ?」レンツォは冷ややかに尋ねた。「互いに言うべきことはすべて言ったと思うが」

ダーシーはかぶりを振った。「言っていないわ。少なくともわたしは。さっきはほとんどあなたが一方的に話し、わたしはショックのあまり何も言えなかった」

「もう充分だ」レンツォはうんざりした口調で言った。「これ以上嘘《うそ》は聞きたくない。きみは自分の大切な秘密を手放したくないんだろう、ダーシー? だったら好きにしてくれ。あるいはきみが事実を話せる男を見つければいい」

ダーシーは震える息を吐き、どうしても言わなければならない言葉を言うために心を奮い立たせた。「わたしはあなたを信頼しているわ、レンツォ。それを認めるまでにこれほど時間がかかったけれど。わたしは怖かった。そして愚かだった。あなたのようなすてきな人がわたしの人生の一部になったことが信じられなかった。だから……」ダーシーは言葉につまったが、なんとか涙をこらえた。「だから、その人生をつなぎ止めておく唯一の方法は、わたしがあなたの望む人間になることだと思ったの。もしわたしの出自を知られたら、たとえ赤ん坊がいてもあなたに追い払われると思って怖くて――」

「今さら何を言おうが――」

「お願い」ダーシーは激しい口調で遮った。涙がこみあげ、手の甲で乱暴に拭う。「最後まで言わせて。わたしは自分が生まれ育った人生から抜け出せたことを祝うべきだった。わたしと赤ん坊を守ってくれる覚悟を持つ男性を見つけたことを喜ぶべきだった。あなたが自分の過去をわたしに打ち明け、アパートメントの鍵を渡してくれたことをもっと深く胸に刻むべきだった。その行動の奥にある意味を見極めるべきだった。そして自分の感情を閉じこめるのではなく、最大の秘密をあなたに告白するべきだった」

レンツォは凍りついた。「ほかに秘密はないんだろう？」

「いいえ」ダーシーはささやいた。「最後の秘密があるわ。わたしはそれを打ち明けるつもりよ。見返りが欲しいからでも、何かが戻ってくるのを期待しているからでもなく、あなたはそれを知る必要があるから」

声が震えたが、ダーシーは気にしなかった。これは自分の過ちを正すチャンスであり、輝かしいありのままの事実でもある。たとえ結果がどうなろうとも。

「わたしはあなたを愛しているわ、レンツォ。初めてあなたを見た瞬間から愛していた。あのとき、わたしにも雷が落ちたのよ。その思いは消えるどころか、大きくなるばかりだった。最初に愛し合ったときの感覚はあまりに強烈で、わたしは完全に打ちのめされた。あなたの前に親密になりたいと思った男性はいなかったし、もしあなたに求められなかったら、わたしは今みたいな感情をいだくことができる誰かに一生出会えなかったでしょう」

沈黙が落ちた。ダーシーに聞こえるのは自分の激しい鼓動だけだ。レンツォを見るのが耐えられない。彼の顔に拒絶を読み取るのが怖い。けれど、彼を見つめ続けなければならなかった。もし何かを学んだとしたら、それは事実に向き合うことの大切さだ。たとえどれほどつらい結果になろうとも。

「どうやってここまで来たんだ？」レンツォは尋ねた。

思いがけない質問に困惑し、ダーシーは目をしばたたいた。「自分で……運転して」

「免許を取得したばかりだというのに、都会の道路の真ん中に駐車したのか？」

「警備員に鍵を預けてきたわ」ダーシーは唇

をなめた。「あなたの妻だと言って」

「つまり、ここまで自分で車を運転し、ぼくの会社のビルに突入して会議を中断させ、少しきれいな言葉を並べればすべてがよくなると思ったのか？」

「わたしはただ……」ダーシーは深く息を吸った。「最善だと思うことをしたまでよ」

「きみにとって最善なことを？」

「レンツォ――」

「やめろ！」レンツォは荒々しく遮った。冷ややかさは消え、黒い目の奥で燃える炎と怒りがそれに取って代わった。「もうたくさんだ。わかったか《カピーシ》？　ぼくはこんなふうに暮らすのはごめんだ。次はきみのどんな秘密を知るのだろうとびくびくしながら暮らしたくない。きみがぼくに隠していることをもう知りたくない。その魔女のような緑の目の奥にきみが隠しているどんな秘密も」

　ダーシーは彼の顔に軟化の兆しを探したが、まったく見つからなかった。でも、誰が彼を責められるだろう？　レンツォが女性に不信感をいだいているのを知りながら、わたしはそれを極限まで試した。その結果、彼の信頼は修復不能なほどに壊れ、二人のあいだで粉々に砕けたのだ。ダーシーの胸に芽生えていた希望は死に、彼女は唇を噛《か》みしめた。けれど、泣かなかった。泣いてはいけない。

　ダーシーはうなずいた。「だったらもう何

も話すことはないわね？　わたしはこれで帰る。そうすれば会議を再開できるでしょう。あなたの言うとおり、わたしは事前に電話をかけるべきだった。でも、あなたが会ってくれない気がしたの。その予想は正しかったよね」彼女は息を吐いた。「それでも、わたしたちは円満な解決策を見つけられると思う。赤ん坊にとって最善の取り決めをしましょう。あなたもわたしも何よりそれを望んでいるはずだから」

ダーシーは言葉を切り、最後にもう一度長々と彼を見た。彫りの深い浅黒い顔や官能的な唇、黒い目の光を記憶にとどめるために。

「さよなら、レンツォ。どうかお元気で」

ダーシーはぴんと背筋を伸ばし、彼のオフィスを出た。

レンツォはその後ろ姿を見つめた。頭が混乱していた。ドアが閉まったと思ったら、すぐにまた開き、秘書が飛びこんできた。

「申し訳ありませんでした。奥さまをお通しして――」

しかし、レンツォはいらだたしげに手を振って秘書を下がらせた。再びひとりになり、最新のプロジェクトに意識を集中しようとして、広いオフィスを行ったり来たりする。だが頭に浮かぶのは、ダーシーの輝く緑の目と今にもそこからこぼれ落ちそうな涙だった。

そのとき、レンツォは彼女の人生がどのようなものだったのかを想像した。さぞかし耐えがたいものだったに違いない。どれほどたくさんの薄汚いものを見てきたことか。

それでもダーシーはそのすべてを乗り越えてきた。不幸な生い立ちに負けず、少ない選択肢の中から最大限のことを成し遂げてきた。最終的には大企業の取締役ではなくウエイトレスになったが、気高く誠実に仕事をこなしてきた。二つの仕事をかけもちしながら夜間学校に通い、膨大な小説を読んだ。体にぴったりしたドレスを着てナイトクラブで働くあいだも、断固としたプライドと自立心を持ち続けていた。彼女はぼくからの贈り物を欲しがらず、受け取るより拒むほうがはるかに多かった。それは演技ではなく、本心からだった。それほど毅然《きぜん》とした女性が拒絶を恐れ、自分をさらけ出すのを恐れた。これまで数えきれないほど何度も拒絶されてきたせいで。

そしてぼくも同じ仕打ちをした。彼女を拒絶し、追い立てた。彼女があれほど激しく愛していると宣言した直後に。

彼女はぼくを愛している。

ぼくはその愛を放棄しようとしている。彼女の美しさやかけがえのない芯の強さも。

なぜだ？

恐怖に肌が凍りつき、レンツォはオフィスを出て秘書の机の横を無言で通り過ぎた。エレベーターのボタンを力任せにたたく。だが、地下にたどり着くまでの時間は永遠のように長く感じられた。こぶしを握り締め、腕時計に目をやる。今ごろダーシーはもう姿を消しているだろう。

地下駐車場の薄暗さにはすぐ目が慣れたものの、レンツォは彼女を見つけることができなかった。こぶしだけでなく心臓にまで握り締められたような痛みを感じ、一瞬息がつまりそうになる。もし彼女がぼくの非情な拒絶のあとで車を運転し、交通量の多い道路を通ってからっぽの家に向かったとしたら？

車の列に目を走らせ続けるあいだ、苦痛と罪悪感が押し寄せ、胸の中の希望はしおれかけた。そのとき、レンツォは駐車場の向こう側にダーシーの姿を発見した。彼女が頑固に買うと言い張ったばかばかしいほど質素な車に乗っている。そうした頑固さはしばしばレンツォを激怒させるが、同じくらい彼の血を騒がせた。レンツォは車のあいだを縫って近づき、フロントガラスに手のひらを置いた。ダーシーの白い顔が上を向いて彼を認めた。

「すまなかった」レンツォは口を動かしたが、ダーシーは首を横に振った。「中に入れてくれ」彼女はまたも首を横に振り、震える指でエンジンをかけようとした。

レンツォは動かず、顔をガラスに近づけた。エレベーターから降りてきたＩＴ部門の誰かが驚いた顔でボスを見ている。

「ドアを開けてくれ」レンツォは大声で言った。「さもなければ、蝶番《ちょうつがい》からドアを引きちぎるぞ」

ダーシーはその言葉を信じたのか、ほどなく解錠する音が聞こえた。レンツォはドアを開け、彼女の気が変わる前に助手席に乗りこんだ。

「ダーシー」

「何を言いたいのか知らないけれど」彼女は荒々しく宣言した。「聞きたくないわ――少なくとも今は」

ダーシーは泣いていた。顔には涙の跡がつき、目の縁は赤くなっている。そういえば、レンツォは彼女が泣いているところを一度も見たことがなかった。ほかのどの女性より泣く理由を多く持っているはずなのに。

レンツォはダーシーを抱き締めたくなった。彼女のぬくもりや彼女との絆《きずな》を感じ、過去に何度もそうしたようにキスをして乾いた涙を拭き取りたかった。だが、触れるのはごまかしだ。大事な問題を避けることにつながる。ぼくはそれに取り組む必要がある。自分の過ちと向き合う必要が。なぜなら、悪いのは彼女ではなく、ぼくだからだ。ぼく自身がまったく自分をさらけ出していないのに、どうして彼女が完全にぼくを信頼することができるだろう？

「ぼくの話を最後まで聞いてほしい」レンツ

ォは低い声で言った。「もっと前に言うべきだったことを言わせてくれ。きみはあらゆる面でぼくの人生を変えた。一度も感じたことがないものをぼくに感じさせた。ぼくが感じたくなかったものを。なぜなら、それによって自分がどうなるのか怖くてたまらなかったからだ。父との関係で傷つき、苦しむ母を見てきたからだ。だから、それを感じたくなかった。だが、ぼくは気づいた……」

レンツォは深々と息を吸った。ダーシーはそこで話が打ち切りだと思ったのか、目を険しく細めた。

「何に気づいたの？」彼女は注意深く尋ねた。

「あらゆるものの中で最大の苦しみは、ぼくの人生にきみがいないことだ、と。さっききみがオフィスから出ていったとき、一瞬そういう人生を垣間見ることができた。それは空から太陽が消えたも同然だった」

「とても詩的な表現ね」ダーシーは皮肉混じりに言った。「あなたの次の恋人は手遅れになる前にそれを聞けるでしょう」

ダーシーは簡単に譲歩しなかったが、レンツォはそういうところも尊敬した。相手がほかの女性なら、彼は引き止めも気遣いもしないだろう。けれど今、レンツォは何かのために闘っていた。これまで一度も本気で考えたことのなかった何かのために。

そう、自分の未来のために。

「聞いてもらいたいことはまだある」レンツォは穏やかに言った。「そんな目でぼくをにらまずに、聞いてくれ。今まできみのためにしたようなことを、ぼくはほかの誰にもしたことがない。なぜだと思う？　どれほど消えてほしいと願っても、雷に打たれたときの感情はぼくの中からも消えなかったからだ。ぼくたちの赤ん坊を求め、きみを求めたからだ。ぼくはきみと一緒に生きたい。きみの夫でいたい。毎朝きみの隣で目を覚まし、毎夜きみにおやすみのキスをしたい。きみを愛している。心から愛している、ダーシー。信じるかどうかはきみに任せるが、どうか信じてほしい」

レンツォの低い声が奏でる愛の宣言を聞き、ダーシーは再び泣きだしていた。最初に頬を伝っていた孤独の涙はすでに、口の端で一滴の塩辛いしずくになっていた。ダーシーはそれを舌でなめ取ったが、涙は次々と目からあふれ、とめどなく頬を伝い落ちた。けれど不思議なことに、涙をこらえようとは思わなかった。

ダーシーは狭い車内で、涙でぼやけたレンツォの顔を見つめた。視界が晴れたとき、彼の精悍《せいかん》な美しい顔にもう近寄りがたさはなかった。すべてをさらけ出したような晴れやかな顔。ずっと見たいと切望してきたが、絶対に見られないと思っていた顔がそこにある。

彼の目が放つ輝きは、真っ暗な夜の海に漂うすべての船を導く灯台の光さながらだった。

「ええ、信じるわ」ダーシーはささやいた。「だからわたしを強く抱き締めて。これが夢ではないと確信させて」

レンツォは柔らかな歓喜の笑い声をあげ、ダーシーを胸に引き寄せた。もつれた巻き毛を手で撫《な》でつけてから頭を下げ、彼女の頬を濡《ぬ》らす涙をキスで拭い去る。ダーシーは彼にしがみつき、二人はやみくもに互いの唇を貪った。今まで本当のキスをしたことがなかったかのように。それは情熱的で感動的なキスだった。だが喜びを吹き飛ばす強烈な感覚が急に襲ってきて、ダーシーは体を引き離して頭をのけぞらせた。

「愛しているよ、美しい人」

レンツォが言うと、ダーシーは彼の腕に指を食いこませた。

「わたしもよ」彼女の返事には切迫感があった。「でも、わたしたちはすぐにここから出なければ」

レンツォは眉根を寄せた。「サセックスに帰りたくなったのか？」

再び猛烈な波が押し寄せ、ダーシーは顔をしかめて目を閉じ、かぶりを振った。「サセックスの家までたどり着けるかどうかわからない。予定日は二週間先だけど、陣痛が始まったみたい」

〝時間のかからない、楽な出産だったわね〟

助産師に優しい声でそう言われたが、ダーシーは出産という劇的な経験を〝楽な〟という言葉では決して片づけはしないだろう。けれどずっと傍らにレンツォがいて、手を握り、額の汗を拭き、イタリア語で何かささやいてくれた。もっと意識がはっきりしているときでも理解できるはずのない言葉だったが、なぜかダーシーには理解できた。愛の言葉は世界共通だから。人は偽りで愛の言葉を口にすることができる。けれど外国語で愛の言葉を言われた者には、それが真実の言葉だとわかるのだ。

助産師がルカ・ロレンツォ・サバティーニをダーシーの胸にのせ、ルカが父と同じ黒い目で彼女を見上げながら熱心に乳を飲んだ瞬間は感動的だった。助産師と医師が三人を残して退出すると、ダーシーはレンツォの顔を見つめ、彼の目が光っていることに気づいた。手を上げ、ひげを剃《そ》っていない彼の顎に触れる。レンツォは肩をすくめ、不思議そうなまなざしを彼女に向けた。

彼は泣いていたの？

「すまない《スクージ》」レンツォはそうつぶやいて頭を下げ、息子の柔らかな黒髪にキスをしてから、ダーシーにそっと口づけをした。「ぼくは情けない男だな。これほど感情に圧倒されてしまうとは」

ダーシーはかぶりを振った。「大歓迎よ」ほほ笑んで言い添える。「強くてたくましい夫が生まれたばかりの息子を前にめそめそしているのを見るのは楽しいものよ」

「息子はぼくに対して母親と同じ力を持っているようだな」レンツォはぶっきらぼうに応じ、彼女の野性的な赤毛を撫でつけた。「ぼくは出ていったほうがいいかな？　少し休みたいだろう？」

「行かないで」

ダーシーはきっぱりと言い、ベッドの端に寄って彼の場所を作った。レンツォが狭い病院のベッドに大きな体を押しこむと、ダーシーの胸は高鳴った。ルカとともに夫の腕に抱かれたとき、世の中にこれほどの喜びがあることを初めて知った気がした。まるでずっと真っ暗な道を歩き続け、突然美しい光に満ちた場所に出たかのように。

「世界一居心地のいいベッドではないけれど、ここにはわたしたち三人の場所がある。そばにいてちょうだい、レンツォ。わたしとルカのそばに」ダーシーの声は急にかすれた。レンツォに愛していると言われて以来、胸の中でふくらみ続けている感情のせいで。「わたしたちは絶対にあなたを離さないわよ」

エピローグ

　ダーシーは靴を蹴るようにして脱ぎ捨ててソファに座りこみ、快いため息をついた。そのとたん、レンツォに細長い革の箱を渡されて顔をしかめた。「これは何?」

　レンツォは眉を上げた。「プレゼントの最大の目的はサプライズだろう?」

「でも、今日はわたしの誕生日じゃないわ」

「そうだな」

　つかの間ダーシーは箱のことを忘れ、夫の黒い目を見てほほ笑んだ。愛らしい息子がもう一歳の誕生日を迎えたことが信じられない。この一年、ルカは明るく好奇心旺盛な性格で誰をも魅了し、ときには母親以上の頑固さを垣間見せた。

　今日は色とりどりの紙テープや風船、少し多すぎるほどのケーキを用意し、近所に住むルカの小さな友人を全員招いてパーティを開いた。そのあいだ、母親たちはピンクシャンパンのグラスを手におしゃべりに興じた。ダーシーは夫の愛で自信をつけ、過去の羞恥から解放されて、このサセックスでも、ロンドンの家でも、できるだけ多くの休暇を過ごしているトスカーナの美しい別荘でも、いろいろな人たちと交流を持つようになった。

人生で初めて友人ができると、招待状が届き始めた。真の友人もできたが、いちばんの親友はずっと夫だったし、今後もそうだろう。

ダーシーは箱のことを思い出し、困惑の目で彼を見た。

「開けてみて」レンツォは優しく促した。

ダーシーは箱の留め金を外して蓋を開けた。黒いベルベットの上で、三連のスクエアカットのエメラルドのネックレスが緑色に輝いている。ダーシーは戸惑い、顔を上げて夫を見た。そのとき彼女の脳裏をよぎったのは、ルカが生まれた直後の出来事だった。

レンツォはドレーク・ブラッドリーに会いに行き、ダイヤモンドのネックレスの売却先を教えるよう迫ったのだ。レンツォはドレークの告白を録音し、刑務所送りにすると言って脅したものの、最終的には彼を警察に引き渡さず、みんなを驚かせた。レンツォは代わりに、自分の新しいプロジェクトであるイギリスの建築現場の清掃の仕事を提供し、ドレークにチャンスを与えた。おそらくそれは彼が与えられた初めての合法的な仕事だったはずだ。ドレークは一も二もなく飛びつき、あらゆる困難を乗り越えて優秀な清掃員になった。ドレークはそれ以来、ひどいいじめに遭った犬が助けてくれた人に示すような献身と忠誠を、レンツォに誓った。

ダイヤモンドのネックレスが彼の手に戻ったその夜、ダーシーが危険を顧みない夫の無謀な行動に抗議すると、レンツォは〝友は近くに……という格言に従ったのさ〟と妻の耳元でささやいた。ダーシーが爆弾を扱うようにそのまばゆいネックレスを手に取ったとき、レンツォは悲しげな顔をした。

〝今それを身につけるのはあまりうれしくないようだな〟

〝そうね。これにはあまりに残念な歴史が刻まれている。それに、もともとダイヤモンドが大好きなわけではないから〟

翌日レンツォはそれを慈善財団に返し、もう一度オークションに出品してほしいと頼んだ。それ以来、彼が宝石に言及したことは一度もなかった。

今までは。

「レンツォ」ダーシーはささやいた。エメラルドの緑の輝きに目がくらむ。「これはあまりに贅沢《ぜいたく》だわ。わたしには不相応よ」

「そんなことはない。これでも足りないくらいだ」レンツォは熱を込めて言った。「もしぼくが世界じゅうの宝石を買い占めたとしても、まだ充分じゃない。きみを愛しているからだ、ダーシー。きみがぼくに与えてくれたもの、見せてくれたもの、すべてを愛している。きみが今のぼくを作ってくれた。ぼくが以前の自分よりはるかに好感の持てる男を」

レンツォの声が低くなり、夜のように黒い目が彼女を見て燃えあがる。

「それに、ぼくは前からずっと言っていただろう、エメラルドはきみの目にすこぶる合っているって？」

　今はずいぶん濡《ぬ》れている目に。ダーシーはそう思いながらうなずいた。レンツォがキスで涙を拭い去る。やがて宝石は忘れ去られた。しょせんそれは単なる美しい石にすぎないのだから。ダーシーが持っている最も大切なものは愛――息子への愛、夫への愛だった。そして羞恥も秘密もなく人生を生きるためのチャンスだ。

「ここに来て、わたし《ミア》のいとしい人《カーロ》」ダーシーは増え続けるイタリア語の語彙を試し、レンツォの腕を引っ張ってソファの隣のスペースに座らせた。

「何を考えている？」

「ただあなたに見せたくて……」

　ダーシーはほほ笑み、指先でレンツォの頬を撫《な》でた。レンツォの口元がやわらぐ。

　彼女は官能的な夫の唇の輪郭をなぞり、自分の唇をそれに近づけた。「わたしがどれほどあなたを愛しているかを」

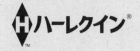

ハーレクイン・ロマンス　2017 年 11 月刊（R-3287）

愛を宿したウエイトレス
2024 年 9 月 5 日発行

著　　者	シャロン・ケンドリック
訳　　者	中村美穂（なかむら　みほ）
発 行 人	鈴木幸辰
発 行 所	株式会社ハーパーコリンズ・ジャパン 東京都千代田区大手町 1-5-1 電話 04-2951-2000（注文） 0570-008091（読者ｻｰﾋﾞｽ係）
印刷・製本	大日本印刷株式会社 東京都新宿区市谷加賀町 1-1-1

造本には十分注意しておりますが、乱丁（ページ順序の間違い）・落丁（本文の一部抜け落ち）がありました場合は、お取り替えいたします。ご面倒ですが、購入された書店名を明記の上、小社読者サービス係宛ご送付ください。送料小社負担にてお取り替えいたします。ただし、古書店で購入されたものについてはお取り替えできません。®とTMがついているものは Harlequin Enterprises ULC の登録商標です。

この書籍の本文は環境対応型の植物油インクを使用して印刷しています。

ISBN978-4-596-77721-8 C0297

◆◆◆◆ ハーレクイン・シリーズ 9月5日刊 発売中

ハーレクイン・ロマンス

愛の激しさを知る

黄金の獅子は天使を望む	アマンダ・チネッリ／児玉みずうみ 訳	R-3901
嵐の夜が授けた愛し子 **《純潔のシンデレラ》**	ナタリー・アンダーソン／飯塚あい 訳	R-3902
裏切りのゆくえ **《伝説の名作選》**	サラ・モーガン／木内重子 訳	R-3903
愛を宿したウエイトレス **《伝説の名作選》**	シャロン・ケンドリック／中村美穂 訳	R-3904

ハーレクイン・イマージュ

ピュアな思いに満たされる

声なき王の秘密の世継ぎ	エイミー・ラッタン／松島なお子 訳	I-2817
禁じられた結婚 **《至福の名作選》**	スーザン・フォックス／飯田冊子 訳	I-2818

ハーレクイン・マスターピース

世界に愛された作家たち
～永久不滅の銘作コレクション～

伯爵夫人の条件 **《特選ペニー・ジョーダン》**	ペニー・ジョーダン／井上京子 訳	MP-101

ハーレクイン・ヒストリカル・スペシャル

華やかなりし時代へ誘う

公爵の花嫁になれない家庭教師	エレノア・ウェブスター／深山ちひろ 訳	PHS-334
忘れられた婚約者	アニー・バロウズ／佐野　晶 訳	PHS-335

ハーレクイン・プレゼンツ作家シリーズ別冊

魅惑のテーマが光る
極上セレクション

カサノヴァの素顔	ミランダ・リー／片山真紀 訳	PB-392

※予告なく発売日・刊行タイトルが変更になる場合がございます。ご了承ください。

9月13日発売　ハーレクイン・シリーズ 9月20日刊

ハーレクイン・ロマンス
愛の激しさを知る

王が選んだ家なきシンデレラ	ベラ・メイソン／悠木美桜 訳	R-3905
愛を病に奪われた乙女の恋《純潔のシンデレラ》	ルーシー・キング／森　未朝 訳	R-3906
愛は忘れない《伝説の名作選》	ミシェル・リード／高田真紗子 訳	R-3907
ウェイトレスの秘密の幼子《伝説の名作選》	アビー・グリーン／東　みなみ 訳	R-3908

ハーレクイン・イマージュ
ピュアな思いに満たされる

宿した天使を隠したのは	ジェニファー・テイラー／泉　智子 訳	I-2819
ボスには言えない《至福の名作選》	キャロル・グレイス／緒川さら 訳	I-2820

ハーレクイン・マスターピース
世界に愛された作家たち
〜永久不滅の銘作コレクション〜

花嫁の誓い《ベティ・ニールズ・コレクション》	ベティ・ニールズ／真咲理央 訳	MP-102

ハーレクイン・プレゼンツ作家シリーズ別冊
魅惑のテーマが光る
極上セレクション

愛する人はひとり	リン・グレアム／愛甲　玲 訳	PB-393

ハーレクイン・スペシャル・アンソロジー
小さな愛のドラマを花束にして…

恋のかけらを拾い集めて《スター作家傑作選》	ヘレン・ビアンチン 他／若菜もこ 他 訳	HPA-62

文庫サイズ作品のご案内

◆ハーレクイン文庫……………毎月1日刊行
◆ハーレクインSP文庫…………毎月15日刊行
◆mirabooks………………毎月15日刊行

※文庫コーナーでお求めください。